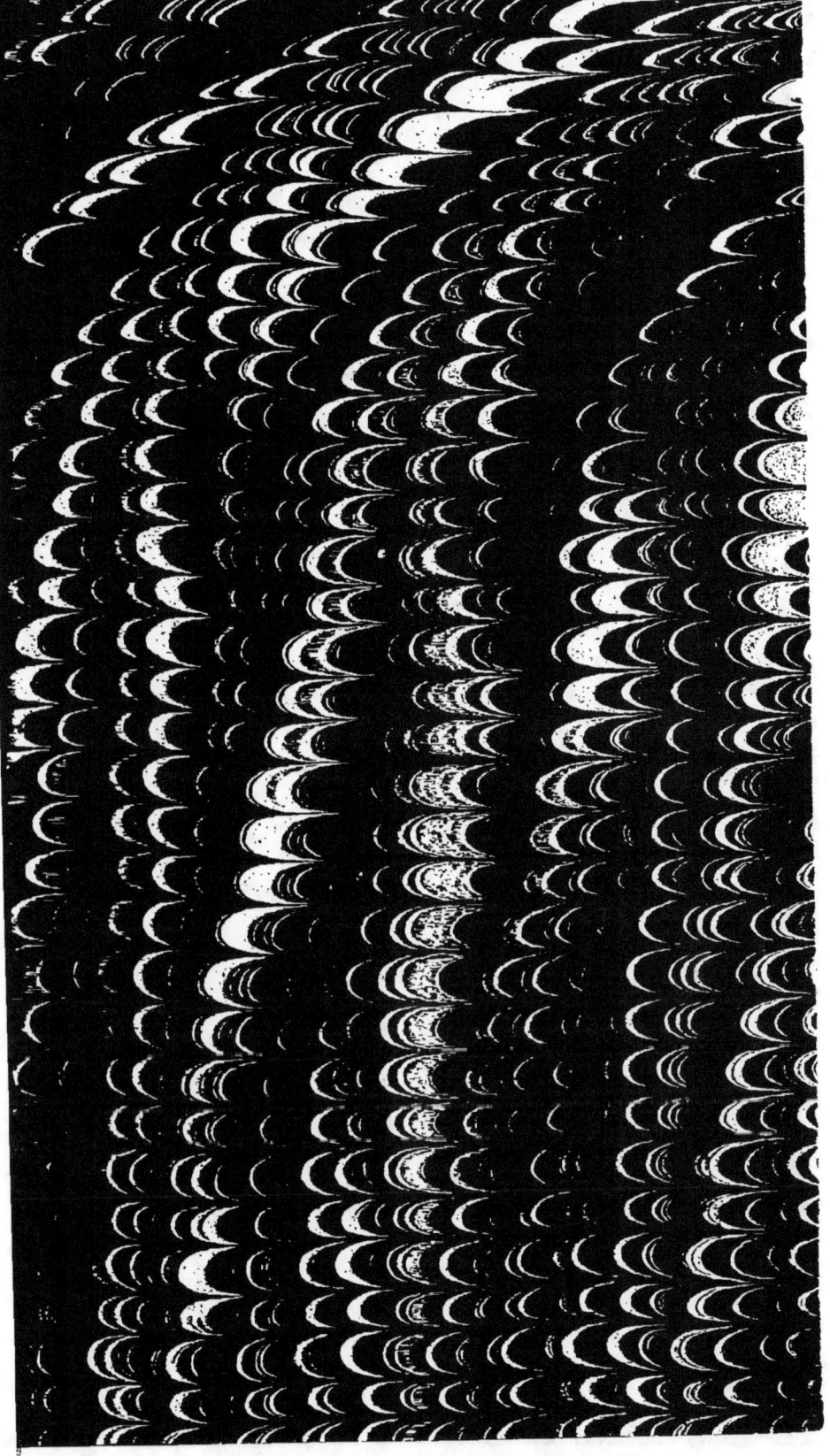

LE
PAPILLOTAGE,
OUVRAGE
COMIQUE ET MORAL.

. . . . *Ridendo dicere verum*
Quid vetat. Hor.. . . . .

A ROTTERDAM,

Chez E. V. D. W. , & Compagnie.

M. DCC. LXVII.

PRELUDE.

ON eût demandé il y a cent ans ce que fignifioit le *Papillotage*, & il eût fallu l'expliquer comme une énigme ; mais grace à nos mœurs, nous connoiffons tous aujourd'hui ce qu'on entend par ce terme. Ce n'eft pas le feul mot que nos gentil-leffes aient mis en ufage, nous en avons plus de cinq cens que nos Peres ignoroient, & qui dépofent en faveur de notre élé-gance ; fi cela continue notre langue de-viendra riche, & l'hiftoire de nos modes fera auffi volumineufe que variée.

Cette Brochure eft tout à la fois férieu-fe & badine ; c'eft-à-dire, comme le pu-blic à qui je l'offre, dont la moitié rit, & l'autre moralife ; mais fouvent un Livre déplaît, parce qu'il reffemble trop à ceux qui le lifent.

Si l'on fe formalife de la critique qui fe trouve dans ce petit Ouvrage, il ne fera plus permis de badiner. *Boileau* ne pré-tendit point dans fon *Lutrin* s'écarter du refpect dû aux Chanoines ; *Greffet* n'eut point intention dans fon *Ververt* d'infulter

A 2

à la profession des Religieuses. On ne doit jamais attaquer les Ordres ni les Corps : mais on peut ridiculiser quelques particuliers, lorsqu'on ne les nomme pas, & lorsqu'ils manquent aux décences inséparables de leur état ; ainsi toutes les fois qu'on raille un Prédicateur bel esprit, on ne blesse point ceux qui honorent la Religion par la gravité de leurs discours ; ainsi toutes les fois qu'on rit d'un Militaire frivole, & voluptueux, on n'attaque point le Corps respectable des Officiers, & ainsi du reste.

L'Ironie fut toujours un moyen de corriger les ridicules, je souhaite que celle-ci ait le même effet ; alors il y aura parmi nous une grande métamorphose, & l'on aura lieu de crier au miracle.

LE
PAPILLOTAGE.

ES Papillotes font anciennes : & le Papillotage eſt nouveau. Les Papillotes ne contribuent qu'à l'ornement des cheveux, & le Papillotage embellit toute une perſonne. C'eſt lui qui donne cette ſemillante légereté, ſi propre à faire briller les eſprits, & à orner la ſociété, qui répand ces gentilleſſes, dont notre ſiecle tire avec raiſon ſon mérite & ſa gloire, qui chamarre les hommes de graces, & les femmes d'agrémens, qui communique au moindre geſte une impreſſion d'amabilité, au moindre ſourire une nuance d'enchantement, & qui, laiſſant à l'écart tout ſyſtême économique & politique, ne connoît d'étude que celle des modes & des plaiſirs.

Diſons mieux, le Papillotage eſt le raffinement de l'élégance & de la volupté,

A 3

la quinteſſence de l'aimable & du joli, le
coloris des charmes & des graces, l'excellence & la perfection des uſages du
beau monde, l'expreſſion du bon goût,
l'emblême de la délicateſſe, le vernis des
paroles & des manieres, l'embelliſſement
des fêtes & des amours, le créateur des
parures & des ornemens.

Ce n'eſt que depuis l'époque du Papillotage qu'on parle, qu'on écrit, qu'on penſe,
& qu'on aime artiſtement ; qu'on ſubtiliſe
les choſes, qu'on les ſpiritualiſe, & qu'on le
diviniſe; qu'on dit d'un beau viſage qu'il eſt
miraculeux, d'un bel habit qu'il eſt *raviſ-*
ſant, d'un homme à ſaillies qu'il eſt *éton-*
nant, qu'on eſcalade les ſuperlatifs pour exprimer la moindre paſſion, qu'on a peine à
diſtinguer l'individu mâle de l'individu fe-
melle, & qu'on voit l'un & l'autre également amateurs de tout ce que le luxe
& la délicateſſe peuvent imaginer ; que
le précieux *Doriment* eſt devenu l'homme du jour, que la ſublime *Cloé* eſt de-
venue l'Oracle des beaux eſprits, que le
merveilleux *Électre* a charmé l'Univers par
ſes Ecrits, que l'agréable Abbé *Floris* fait
foule à ſes ſermons, que les Œuvres de *Gla-*
mine ſont entre les mains de tout le monde.

Il n'y a rien qui n'éprouve les viciſſitudes du tems & des modes. Au majestueux succéde l'agréable, au beau le joli ; telle est la marche de la Nature & des Arts. La France fastueuse engendra la Saxe galante, comme le siecle d'Auguste amena celui de Seneque ; & ces superbes fêtes, & cette noble magnificence qui exciterent l'admiration de nos Peres, s'éclipserent insensiblement pour faire place au Papillotage, dont nos meubles, nos habits, nos mœurs, nos personnes portent la livrée & l'empreinte.

Un certain Seigneur, nommé le Marquis de *Florimene*, & qui le premier parmi nous fut appellé *petit-Maître*, s'associa pour compagne la femme la plus sensuelle & la plus élégante. Couple admirable ! Ils introduisirent les caprices, les minauderies, les bagatelles de tout genre, en un mot, le Papillotage, & il faut avouer qu'ils en étoient dignes. La plume légere de l'Auteur de Ververt pourroit seul décrire dignement leur parure & leur maintien, la délicatesse de leur table & l'élégance de leurs ameublemens, la *lesteté* de leurs équipages & la somptuosité de leur garde-robe, la magnificence de leurs bijoux & les graces de la conversation.

On voyoit leur Hôtel décoré des orne-

A 4

mens les plus exquis, les glaces y reproduifoient les perfonnes, la couleur de rofe y contraftoit avec le bleu célefte, & l'argent leur donnoit le plus merveilleux éclat. Les fauteuils, les tabourets, les fopha n'offroient à la vue que des lacs d'amour admirablement nués, que des fleurs auffi naturelles que celles qu'on cueille dans les jardins, que des papillons & des oifeaux, qui fembloient moins une broderie qu'une miniature ; les cheminées paroiffoient des magafins de bijouterie, les confoles des boëtes de parfums, les fenêtres des miroirs, les plafonds un firmament. Tout étoit azuré, furdoré. Les parquets formoient un émail par l'heureux affortiment du marbre & du porphyre, & les alcoves ornées de lits pompeufement exhauffés, retraçoient les trônes du Mogol.

Chaque appartement avoit fa toilette, & celle de Monfieur furpaffoit celle de Madame, par les raretés dont elle étoit enrichie. Les quatre parties du monde avoient contribué à former ce chef-d'œuvre d'élégance & de goût. On y trouvoit les plus fuperbes pierreries, tous les deffeins imaginables exécutés en argent & en or avec une délicateffe ravillante, & l'on y refpiroit l'odeur des plus agréables parfums. Les boëtes , les flacons , les cuvettes , les vafes , les bagues , les étuis , les breloques , les montres , annonçoient par leur cizelure & par leur émail , le goût le plus exquis & le plus raffiné.

Que ne dirois-je point de la garde-robe , ce monde de merveilles , où les couleurs les plus tendres , & les étoffes les plus rares formoient des parures relatives à toutes les fêtes & à toutes les faifons , où le goût des plus excellens Tailleurs répondoit à la beauté des voleurs , des moires , des fatins , des étoffes , & exprimoit toutes les graces , & toutes les gentilleffes du *Papillotage* naiffant ?

Les jardins ne renfermoient que des berceaux , des terraffes , des amphithéâtres , des cafcades & des bofquets ; & il n'y avoit pas jufqu'aux lieux fecrets où l'on n'eût prodigué tous les raffinemens du luxe & de la molleffe.

C'eft dans ce même Hôtel qu'on vit éclorre les fucres ambrés, les jus, les coulis, les effences de tout ce que la terre & les eaux produifent de plus délicat , & de plus précieux. C'eft-là que commencerent les propos découfus , les phrafes originales ; c'eft là qu'on parla gras pour

la premiere fois , & que nâquirent enfin
les vapeurs.

L'anti-chambre étoit une magnifique fal-
le , où des laquais, presqu'auſſi maîtres
que le Seigneur qu'ils paroiſſent ſervir , li-
ſoient des romans philoſophiques, jouoient,
juroient , & décidoient de la nobleſſe , ou
du mérite de tous ceux qui entroient , &
qu'ils daignoient annoncer.

La chambre du Portier renfermoit un
Suiſſe gigantefque , dont la figure & le
ton écartoient quiconque n'avoit pas l'honneur d'être *Marquis* , *Comte* ou *Duc.*

Cependant toute cette pompe extérieu-
re , n'étoit qu'une légere copie du Seigneur, & de la Dame que j'oſerois dé-
peindre , ſi mes crayons étoient plus brillans. Pleins l'un & l'autre de richeſſes ,
d'agrémens & de déſirs , ils n'exiſtoient
que pour créer un monde tout nouveau,
& pour tranſmettre à leurs deſcendans une
nouvelle façon de vivre & de jouir de la
vie. Las de ce vieil Univers, comme ils
le diſoient ſouvent , ils ne s'étudioient qu'à
ſubtiliſer , qu'à raffiner , & ils donnoient
le modèle de tous leurs raffinemens à des
ouvriers qu'ils vinrent enfin à bout de former. De-là ces générations de Marchandes de Modes & d'Artiftes , dont nos ci-

tés font remplies, ces boutiques & ces magafins ; où l'on apperçoit d'un coup d'œil tout ce qu'une industrieuse frivolité peut imaginer.

Tant il est vrai qu'un génie créateur peut lui seul renouveller les coutumes & les mœurs ! Car il est à propos d'obfer-ver que le charmant Marquis & fa fem-me n'eurent point d'autres modèles qu'eux-mêmes à copier. Ils trouverent bien, à la vérité, des routes battues, des chemins frayés ; on avoit quitté le gothique pour arborer une magnificence auffi fomptueuse que coûteufe ; mais il n'y eut que leur imagination qui leur ouvrit la carriere des gentilleffes & des graces, qui leur enfei-gna le moyen de rendre les plus petits riens importans & précieux, de donner de la valeur aux moindres coups d'œil, aux moindres fourires, d'établir enfin l'a-gréable fur les ruines de l'utile.

Le dirai-je ? Ils furent dans la partie des Modes ce que Defcartes fut dans la Philófophie. Comme lui ils s'occuperent de *matiere fubtile* & de *tourbillons*, com-me lui ils fe dépouillerent de tous les fyf-têmes en ufage, pour en établir un qui devint la manie générale ; & la regle du fçavoir vivre.

Il suffisoit de les envisager , & l'on apprenoit tout-à-coup l'art de se parer avec goût. Quels soins ne se donnoient-ils pas pour y réussir de maniere à captiver les regards? Aussi charmans dans leur négligé, que dans leurs plus beaux atours, ils étoient toujours également adonisés. Leur frisure répondoit à leurs habits, & leur parure étoit le chef-d'œuvre de l'esprit humain.

Tant de merveilles devoient sans doute former un nombre d'imitateurs & de curieux. Aussi l'Hôtel étoit-il toujours plein ; chacun se faisoit gloire de s'y rendre , & les plus clairs-voyans s'appliquoient à copier jusqu'au moindre geste , jusqu'au plus petit mouvement. Bientôt on ne mania plus l'éventail , que comme la Marquise ; on ne croisa plus les jambes que comme le Marquis. Mais combien leur cœur ne souffroit-il pas, lorsqu'ils se voyoient mal copiés ? & cette disgrace n'arrivoit que trop souvent : cependant les Duchesses réussissoient assez bien dans l'art de l'imitation , quoiqu'elles affectassent de ne vouloir rien imiter.

Malgré ces succès , il n'y avoit qu'une brillante progéniture du Marquis & de la Marquise, capable de bien les rendre : aussi soupiroient-ils impatiemment après l'inf-

rant où leur Hymen deviendroit fécond ;
& où ils se verroient renaître dans le fruit
de leur amour ; car quoique créateurs des
graces & des modes, ils n'étoient point
encore assez petits-maîtres pour ne pas
s'aimer, c'est-à-dire qu'ils tenoient encore
à leur siecle moins raffiné que celui-ci.

Leurs desirs furent exaucés, un Enfant
brillant comme l'aurore combla leurs sou-
haits, & cet Enfant fut l'aîné de huit, qui
nâquirent dans l'espace de sept ans. Il étoit
sans doute douloureux d'accoucher ; mais
ces douleurs furent si tempérées, par tous
les enjolivemens qu'on imagina pour chaque couche, que la Marquise ne s'apperçut presque pas qu'elle accouchoit. Les
ajustemens, les visites & les consommés se
succédoient avec une telle rapidité, qu'on
n'avoit pas le loisir de s'occuper de son
mal ; les évanouissemens varioient encore la scene, & servoient de spectacles.
On revenoit de sa pamoison, & l'on voyoit
une chambre pleine de femmes allarmées,
de Médecins attentifs, de laquais affairés ;
les uns soutenoient la tête, les autres tâ-
toient le pouls, ceux-ci présentoient des
flacons vivifians ; celles-là se lamantoient ;
celles-ci imposoient silence à de petitschiens

qui étoient hargneux, parce que Madame les avoir gâtés.

Le Marquis eût été fans doute défolé de n'avoir que des filles ; mais il n'en eut que trois ; & cinq garçons ; & par un bonheur des plus rares, & ces heureufes circonftances, qu'arrange le concours des conftellations ou des époux, ils eurent tous les huit une taille *divine*, un vifage *miraculeux*. Il eft vrai que le pere & la mere excelloient en ce genre ; mais combien d'enfans contrefaits démentent tous les jours les graces, & la beauté de ceux qui leur donnerent la naiffance. Nos villes font pleines de Seigneurs, qui paroiffent moins des hommes que des avortons.

A peine les Enfans du Marquis eurentils quitté le berceau, qu'on les inocula ; & ils furent les premiers qui goûterent cette ineftimable faveur, comme dignes à tous égards des honneurs de l'inoculation. On penfa que cela feroit une époque philofophique ; & le Marquis aimoit les époques, quoique le Livre de *l'Efprit*, n'eût pas encore paru. (Cet Ouvrage dit que les hommes de génie aiment tout ce qui fait époque.)

Les Nourrices avoient été choifies parmi les plus élégantes de leur profeffion ; &

lorfque le tems fut venu , des Précepteurs
poupins l'emporterent fur tous ceux qui fe
préfenterent. On vouloit donner au monde le fpectacle d'une éducation toute ori-
ginale. Le fiecle ne faifoit que commen-
cer , & il étoit important qu'il s'annonçât
très-différemment de ceux qui l'avoient
précédé.

On eut grand foin que les Précepteurs
ne fuffent point Eccléfiaftiques , car il étoit
déjà du bel air de fçavoir , qu'ils ignorent
la légiflation , & qu'ils ne font pas propres
à former *des citoyens*. On n'enfeigna que
quelques mots de latin , mais beaucoup de
circonlocutions Angloifes & Allemandes ,
& l'on s'appliqua fur-tout à apprendre à
ces Enfans quoique les uns n'euffent que
douze à treize ans , & les autres dix à onze ,
à devenir *économes* , *pere de famille* &
hommes d'état , en un mot citoyens ; de
forte que je ne crois pas me tromper , en
affurant que cette merveilleufe méthode a
fervi de modèle à tous ceux qui viennent
de nous donner des plans d'éducation.

Ainfi le Marquis fut Auteur , fans penfer
à l'être. Il vifitoit fouvent fes fils , pour
pouvoir les rendre femblables à lui-même ,
& il ne ceffoit de leur répéter les beaux
mots de *génie* & *d'humanité* , qu'il leur re-

dommandoit de ne jamais oublier.

Ses défirs s'accomplirent; fes Enfans grandirent, & ils furent élevés tous différemment dans les Colléges. Les termes de métaphyfique, de géométrie, d'hiftoire naturelle, leur devinrent fi familiers, qu'on les crut grands Métaphyficiens, grands Géometres & grands Naturaliftes. On étoit enthoufiafmé de leur jargon, fans faire attention que ce n'étoient que des mots, & que le premier âge n'eft pas fufceptible d'études auffi profondes; mais n'importe, il ne s'agit dans ce monde que de faire illufion, & ils la faifoient, de la mâniere la plus féduifante.

Quant à la Religion, on leur en donna des idées fi fubtiles & fi alambiquées, que tout cela s'évaporoit; telle étoit la volonté du pere, qui ne choififloit une nouvelle maniere d'enfeigner la Morale & les Dogmes, que pour faire difparoître les Catéchifmes. Madame ne cefloit d'applaudir à cette excellente méthode, & de déclamer contre les Colléges, qu'elle appelloit les Ecoles de la déraifon. Elle difoit, ainfi que fon illuftre Epoux, que fes fils en avoient plus appris dans quelques Livres *élementaires*, qu'on avoit compofé à deffein de les former, que les Profefleurs des

Colléges

Colléges n'en fçavoient eu-xmêmes.

Les Demoifelles paffoient le jour à étudier l'Anglois, c'étoit déjà une efpece de
fureur, à lire des tragédies & des romans,
à danfer, à chanter; & leurs freres, ainfi
qu'elles, étoient obligés de connoître toutes les étoffes à la mode, & les modes
elles-mêmes. On leur avoit même affigné
des prix, pour les engager à fe rendre célébres dans l'étude de la parure & du bon
goût. On leur donnoit des queftions à ré-
foudre fur la prééminence des couleurs, fur
l'affortiment des nuances, fur les différentes efpeces de frifures, fur le choix des bijoux, fur celui des brochures qui paroiffent
à chaque inftant, & fouvent ils foutinrent
Thefes fur ces importantes matieres, en
préfence de plufieurs petites-Maîtreffes, &
de quelques Académiciens.

On ne leur donna pas feulement des
Maîtres de mufique & de danfe, mais on
les mit entre les mains de gens propres à
les maniérer, & qui leur apprirent à cra-
cher avec propreté, à fe moucher avec
grace, à prendre du tabac avec élégance,
à graffeyer en parlant, à fourire en pleurant, à marcher en fautillant, à entrer en
fredonnant, à fortir en pirouettant, à jetter
des regards de dédain fur tout ce qui n'é-

B

pas noble ni opulent, à se railler de tout ce qu'on n'entend point, à ridiculiser tous ceux qu'on n'aime pas.

Ces leçons produisirent leur effet, & chacuns'en apperçut, lorsqu'ils furent introduits dans le grand monde. Ils y entrerent de bonne heure, suivant la méthode qu'on suit encore, & bientôt les Femmes de la Cour *raffolerent* de leurs manieres, & de leurs airs.

Il est vrai que leur figure, leur coloris, leur parure & leur nom, leur donnoient un mérite infini. Ils ne sortoient que dans les équipages les plus lestes, qu'escortés de laquais qu'on prenoit à la taille, & qui étoient magnifiquement surdorés ; ils ne s'annonçoient que par des exhalaisons de bergamote & d'ambre, ils ne paroissoient que chamarrés de gentillesses, qu'ornés de bouquets aussi rares qu'éclatans, que mouchetés & couverts de joyaux.

Tous les jeux leur étoient familiers, & ils sçavoient agacer une jolie femme, & perdre en même-tems avec une complaisance infinie ; moyens infaillibles de plaire, & dont ils furent les inventeurs. Ils ne se nourrissoient que *d'extraits*, que *d'idées*, de tout ce qu'on servoit sur la table de plus exquis, & ils ne buvoient que du vin de champagne avec de l'eau. Ils interro-

geoient quatre perfonnes à la fois, & ils
n'attendoient jamais la réponfe ; ils par-
loient en même-tems de Conftantinople,
& du Palais Royal, de la guerre & de leur
chien ; ils oublioient les Convives, pour
difcourir avec leurs gens, & ils affectoient
de paroître toujours diftraits & affairés.
Ils décidoient impérieufement d'un livre
qu'ils n'avoient point lu, & il étoit toujours *mauvais* & *pitoyable*, s'il traitoit de
la Religion. Ils fçavoieut faire vingt vifites
dans une heure, voler à trois fpectacles
prefqu'en même tems, lorgner tout le monde, enfuite difparoître. Ils vouloient être
par-tout où ils n'étoient pas, & fouvent
ils demandoient à leur Cocher où ils devoient aller ; en un mot ils enchériffoient
fur pere & mere, & le Marquis & la Marquife en étoient enchantés.

Lorfqu'ils amenerent la mode d'emprun-
ter & de ne point payer, le pere jugea
qu'ils étoient fuffifamment verfés dans l'art
du fçavoir vivre, qu'il falloit leur faire à
chacun un état. Je dois rendre ici juftice à
fes intentions. Moins jaloux de l'avance-
ment de fes fils, que de la réformation du
genre-humain, qu'il brûloit du défir de fa-
çonner, il ne les engagea que dans des
profeffions qu'il crut propres à fon deffein;

B 2

& pour procéder felon toutes les regles,
& dans toute l'exactitude, il les affembla,
& leur adreffa ce difcours patétique.

,, Puifqu'il a plu, Meffieurs, au *Moteur*
,, *univerfel*, de difpofer les événemens,
,, de forte que vous foyez heureufement
,, nés d'un pere & d'une mere également
,, illuftres par leur nobleffe, & par leurs
,, biens, & qui ont tout le goût poffible
,, en partage, vous devez fans doute vous
,, reffentir de cette merveilleufe origine &
,, coopérer avec nous, à renouveller la
,, face de ce monde, & à rendre le fiecle
,, qui commence avec vous (c'étoit en
,, 1702) l'âge de l'élégance & des graces.

,, Vous entrez dans un Univers, où des
,, hommes de génie ont excité d'heureufes
,, révolutions ; mais que de changemens
,, ne reftent pas encore à faire ! Les
,, modes ne font qu'ébauchées, & leur
,, perfection doit être votre objet.

,, Vous avez heureufement tout ce qui
,, eft néceffaire pour introduire une nou-
,, velle maniere de parler, d'agir, & de
,, penfer, pour raffiner fur la façon de s'ha-
,, biller, de fe loger, de fe préfenter ; pour
,, faire éclipfer ce gros *bon fens*, qui fit par
,, malheur tout le mérite de nos peres, &

,, pour lui fubftituer ce *bel efprit,* fans lequel
,, on ne peut abfolument plaire.

,, Vous fçavez que je n'ai rien épargné
,, jufqu'ici , pour vous rendre capables de
,, ces fuccès. J'ai combattu les Coutumes,
,, les Loix , difons mieux , les préjugés ,
,, pour vous procurer une éducation déli-
,, cieufe , dont on n'avoit point d'idée ,
,, eh , combien ces moyens n'ont-ils pas
,, réuffi , puifque je ne puis m'empêcher
,, de vous dire , fans vouloir vous flatter ,
,, qu'on vous montre , & qu'on vous cite
,, déjà comme les prototypes de l'élégance
,, & du bon goût , mais n'allez pas croire
,, que l'ouvrage eft achevé , car la jeuneffe
,, eft vaine & pareffeufe. Vous n'avez
,, fait voir que ce que vous pouviez deve-
,, nir, & il faut prouver ce que vous devez
,, être.

,, Quelle douleur ne feroit-ce pas pour
,, Madame & pour moi , fi nos foins n'a-
,, voient abouti qu'à vous rendre aima-
,, bles *!* Le goût de la *légiflation* & l'a-
,, mour de *l'humanité* , nous engagent à
,, défirer & à accélérer la réformation de
,, tous les hommes; vous fçavez que le
,, Sage eft citoyen du monde , & qu'on
,, ne mérite pas d'exifter lorfqu'on n'eft bon
,, que pour foi.

,, D'ailleurs , quelle gloire ne fera-ce
,, pas pour vous, & quelle fatisfaction, de
,, vivre au milieu d'un monde, dont la dé-
,, licateffe & les manieres feront votre ou-
,, vrage ! C'eft alors que vous vous con-
,, templerez dans un fi charmant objet , &
,, que vous croirez avoir multiplié votre
,, Etre , à proportion des perfonnes que
,, vous aurez éduqué par vos difcours &
,, par vos exemples.

,, Mais comment parvenir à ce but ? Le
,, voici. Ne lifez que des Livres agréables
,, & femillans , dont une vive imagination
,, ait été le principe ; ne fréquentez ni ces
,, gens érudits, dont le fçavoir excéde , ni
,, ces hommes auftéres , qui ne parlent que
,, fageffe & vertu. Votre nom vous dif-
,, penfe de ces qualités vulgaires , & vous
,, ferez toujours affez recommandables , fi
,, vous fçavez être aimables.

,, Je n'entends point par cette amabili-
,, té , le fade défir de plaire à tout le mon-
,, de,ni une attention à captiver la bienveil-
,, lance des uns & des autres , à écouter
,, celui-ci , à faluer celui-là. Vous ne fe-
,, riez pas riches, s'il falloit vous affervir à
,, ces façons triviales ; mais j'entends une
,, élégance dans vos geftes & dans vos ex-
,, preffions qui charme & qui étonne, une

,, délicateffe dans vos manieres qui fixe &
,, qui ravifle, un agrément dans votre pa-
,, rure, qui vous rende *l'homme du jour.*

,, Etudiez-vous à ne copier perfonne,
,, mais à paffer vous-mêmes pour modè-
,, les. Il n'y a que les petits efprits qui fe
,, bornent à l'imitation, & c'eft par cette
,, raifon que le grand nombre vous imite-
,, ra. Donnez l'eflor à vos idées, & ne
,, concevez que des chofes qui contri-
,, buent à l'embelliffement de la fociété
,, & aux commodités de la vie. On defire
,, toujours grandement, quand on eft affez
,, riche pour contenter fes defirs ; & heu-
,, reufement la fortune ne vous manquera
,, pas. Vous l'attacherez au char de vos
,, graces, fi vous faites ce que je vous
,, prefcris. Rien ne réfifte aux charmes
,, de l'élégance & du goût. Ceux qui vous
,, critiqueront en fecret, vous imiteront en
,, public.

,, Faites-vous un paffe-tems qui foit va-
,, rié par mille plaifirs de votre invention,
,, & regardez comme la chofe la plus im-
,, portante de votre vie, l'attention que
,, vous devez à vos perfonnes.

,, Ne préparez jamais ce que vous de-
,, vez dire. L'ufage des Dictionnaires &
,, du monde, vous donneront une noble

,, élocution. Le bel efprit parle toujours
,, bien , & la raillerie vient au défaut des
,, raifons , fi par hazard on étoit embarraf
,, fé ; n'écoutez que lorfque vous enten-
,, drez des chofes amufantes , ou lorfque
,, vous ne voudrez pas faire parade d'ef-
,, prit. Sur-tout jouez fouvent le Diftrait.

,, Faites-vous des magafins de brochu-
,, res, d'étoffes & de bijoux , que la mode
,, favorife ; ne manquez pas de connoître
,, les Auteurs & les Artiftes qui ont un
,, nom , & formez-en quelques-uns , que
,, vous mettre vous-mêmes en vogue. De
,, tels perfonnages font des panégyriftes
,, éternels de notre bon goût , & il con-
,, vient d'en avoir de la forte.

,, Parcourez exactement tous les Cata-
,, logues des Livres nouveaux ; & retenez
,, les termes des principales chofes que
,, les Artiftes mettent en œuvre. Cette
,, connoiffance donne beaucoup de relief
,, & de réputation , & la plûpart des Sei-
,, gneurs n'ont pas d'autre fçavoir.

,, Ne contractez pas des dettes qui vous
,, obérent , mais foyez toujours dans le
,, cas de devoir. Il n'y a que la Roture
,, qui paye exactement , parce qu'elle eft
,, timide & minutieufe.

,, N'ayez jamais plus d'une maîtreffe ;
mais

,, mais qu'elle foit affichée , c'eft le ton ,
,, & il faut le prendre.

,, Que votre table foit délicate fans être
,, fomptueufe , & qu'on y voie toujours
,, briller quelqu'auteur à la mode , & quel-
,, qu'Académicien qui ait de l'efprit.

,, Donnez à vos gens une liberté qui les
,, rende en quelque forte maîtres. Cela im-
,, patiente , mais cela dénote le grand Sei-
,, gneur. Ne vous embarraffez pas s'ils font
,, fages , pourvu qu'ils foient grands.

,, Que vos chevaux & vos cochers
,, foient prompts comme le vent. Ne vous
,, inquiétez pas s'ils écrafent quelque per-
,, fonne , mais s'ils vont avec trop de len-
,, teur. C'eft une foibleffe de ménager les
,, chevaux , & une fottife de craindre les
,, accidens.

,, Ces avis ne vous regardent pas tous ,
,, car je ne vous diffimulerai pas que j'ai
,, fixé les conditions qui pouvoient par
,, elles-mêmes donner le ton , & qu'il
,, faut abfolument que vous les embraf-
,, fiez. Vous ferez comme autant de gens
,, prépofés dans chaque état , pour per-
,, fuader les modes , & pour les introduire.
,, Sans cela point de réforme à efpérer ,
,, mais j'aurai foin que celui qui fera
,, Eccléfiaftique , & celui qui fera Reli-

C

,, gieux foient partagés de maniere à n'ê-
,, tre pas mécontens.

L'aîné en conféquence devint homme
de Cour, le cadet Militaire, le troifieme
Magiftrat, le quatrieme Abbé, & le cin-
quieme Religieux, afin que les Cours,
les Armées, le Barreau, le Clergé euffent
des modèles pour fe maniérer.

La Marquife tint la même conduite à
l'égard des Demoifelles, & elle deftina
l'une pour un riche Financier, l'aînée pour
le Couvent, la derniere pour demeurer
fille, afin que la finance, les Religieufes,&
les Filles qui reftent dans le monde fans s'é-
tablir, trouvaffent des originaux capables
d'être copiés.

Il faut avouer que cet arrangement étoit
très-bien combiné ; & que le Marquis ne
pouvoit mieux s'y prendre pour réuffir
dans fon projet. D'ailleurs il n'y avoit aucun de ces états qu'il faifoit embraffer
à fes fils, qui n'eût befoin d'être façonné.

La Cour, quoique très-élégante en ap-
parence, ne laiffoit pas que d'être fufceptible de nouveaux agrémens: par exemple,
on y étoit fier fans être dédaigneux, on
y avoit de l'efprit fans fçavoir décider de
celui de tous les autres, on s'y ennuyoit
fans connoître les vapeurs, on y étoit

malade sans ressentir des évanouissemens,
on y aimoit sans avoir une foule d'amans,
on y étoit galant, sans être coquet ; autant d'abus qu'il falloit corriger, autant
de défauts qu'il falloit réformer.

Cette opération ne fut point tardive.
Celui qu'on en avoit chargé n'ayant pas
d'autre objet, commença par se faire admirer. Attentif à n'étaler ses charmes que
par gradation, il amena insensiblement les
autres à son point. Les courtisans le copie-
rent sans s'en appercevoir, & tels que
lui ils devinrent décisifs, absolus ; tels que
lui, ils ne firent plus que des politesses im-
périeuses, & des révérences combinées,
tels que lui, ils parurent avoir un esprit
à ressort qui se plioit selon les tems, &
les circonstances ; ils jouerent toutes les
femmes, en leur persuadant qu'ils leur
étoient passionnément attachés ; ils embras-
serent un rival qu'ils projettoient de perdre ; ils se firent un visage de théâtre
propre à toutes les circonstances, & à toutes les scenes ; & tels que lui, ils promirent
tout, & ne tinrent rien.

Quant à l'état militaire, on est forcé de
convenir qu'il avoit plus besoin qu'aucun
autre de prendre un ton, & des airs. Qui
disoit un guerrier, disoit un homme qui ne

fçavoit que vaincre ou mourir, qui ne
parloit que de fiéges & de batailles, qui
ne connoiffoit de plaifirs que de s'occuper
de fon métier, qui faifoit affaut de fati-
gues & de bravoure, qui n'endoffoit que
des veftes de buffle, qui n'avoit d'autre
chauffure que des bottes ou des guêtres,
qui ne papillotoit ni fes mouftaches, ni
fes cheveux, qui ne dormoit que fur la
dure, qui ne mangeoit que pour ne pas
mourir, qui n'avoit pas la moindre notion
des modes & des galanteries, & qui fe
fût cru deshonoré de paroître avec des
airs efféminés, & des manieres affectées;
tels furent les Turenne, tels furent les Con-
dé, tels font encore la plûpart de nos
Généraux.

Sans doute un femblable coup d'œil
auroit rébuté tout autre que le jeune Florimene chargé de ce travail. Mais il ofa,
il ne fe découragea point, & il réuffit. Il
eut la conftance d'effuyer pendant plufieurs
mois des réprimandes & des reproches,
c'eft-à-dire, jufqu'à l'inftant qu'il devint
Colonel. Alors fe confiant entiérement à
fes graces, à fa figure, à fon rang, il ne
douta plus de la victoire. Les anciens
Capitaines murmurerent, mais il fallut fe
rendre. Bientôt féduits par la politeffe,

& par les manieres de leur Chef , ils fe
firent enfin gloire de le copier. Les Lieu-
tenans qui pétilloient du défir de fe mettre
à la mode , n'attendirent pas des ordres ,
pour fe défaire de leur air fimple & naturel ; de forte que le Régiment prit une
nouvelle forme , & un nouvel être. Chaque Officier fe procura une toilette , &
y paffa des heures entieres. Les effences ,
les pommades , les poudres les plus cheres furent recherchées avec une fcrupu-
leufe attention , & l'on effaya de tous
les Perruquiers avant d'en trouver un qui
pût convenir. Des coupes de cheveux ré-
formerent toutes les têtes , & l'on parut
lefte & femillant.

Les Femmes acheverent ce que le Colonel avoit ébauché , & elles apprirent
aux Officiers à être joueurs , & galans.
Elles les agacerent , & elles fe répandirent
en éloges fur la nouvelle maniere de fe
coëffer , & de s'habiller.

Il eft vrai qu'elle étoit élégante. On
n'appercevoit plus que des veftes précieu-
fes , des bas blancs , des plumets , des
chapeaux retapés. Les nœuds d'épée vinrent enfuite , & les bourfes à la maréchale
completerent la métamorphofe.

La démarche & la conduite répondi-

C 3

rent à ces ajustemens. On ne marcha plus
que sur la pointe du pied, & les épaules
suivirent le mouvement des jambes, qu'on
eut grand soin de tendre & de lever. On
n'étudia plus que des jeux de commerce
& de hazard, & on s'y livra jusqu'à in-
terrompre les repas & le sommeil ; on
ne lut plus que des Romans, & des Poëmes
impi-comiques ; on ne pensa plus qu'à séduire les filles vertueuses, & à leur préparer des filets ; & insensiblement le métier de la Guerre se changea dans une
profession indépendante, & voluptueuse.

Les Officiers généraux crierent, les Mi-
nistres tonnerent, mais on les fit passer
pour des radoteurs, on leur donna des ridicules, on les chansonna, & l'on aima
mieux se noyer de dettes, & se livrer
au torrent du plaisir & des modes, que
de les écouter. C'est ainsi qu'un seul homme changea tout un Régiment ; & qu'un
seul Régiment devint le modèle, & la
regle de plusieurs autres ; il n'y eut pas
jusqu'aux Soldats qui affecterent des airs,
& qui voulurent participer à la gentillesse
de leurs chefs.

La Magistrature ne fut pas moins heureuse ; quelques-uns de ses Membres mirent à l'écart les immenses perruques, les

larges manchettes , les pâles & longs rabats , & ils arborerent les chevelures à la
mode , les dentelles & les bijoux , & l'on
vit des vifages de vingt-cinq ans où toute
l'élégance du fiecle avoit appliqué fon coloris , dès-lors quelques Confeillers , &
quelques Avocats , d'une gentilleffe extrême , parcourent les cercles & s'y firent
admirer ; tandis que le grand nombre occupés de fes auguftes fonctions , fe confu-
moit au fervice de l'Etat , plaidoit la cau-
fe de la Veuve & de l'Orphelin , & por-
toit jufqu'aux pieds d'un Trône équitable
& éclairé les befoins de l'Artifan & du
Laboureur.

Combien l'ame de notre aimable Magiftrat qui venoit d'opérer ces fuccès , n'étoit-
elle pas ravie ! Au lieu de prêter l'oreille à
ces longs plaidoyers qui n'endorment que
trop fouvent , il repaffoit avec joie fes travaux & il s'en applaudiffoit. On le voyoit
au Palais jetter un œil de complaifance fur
les confreres qu'il avoit maniéré , tandis
que fon pere & fa mere s'entretenoient
avec effufion de cœur , d'un événement
fi admirable & fi confolant.

Cependant on n'avoit pas encore ten-
té le plus difficile. L'état Eccléfiaftique , fi
auftere par lui-même , & fi digne de vé-

nération , n'avoit point encore eu dans
son sein des sectateurs des modes & des
partisans du bon goût. On n'y connoissoit
que l'étude , la retraite & l'oraison, & l'on
ne soupçonnoit même pas que des personnes consacrées aux Autels fussent sus-
ceptibles des agrémens du monde , & des
manieres du siecle. Mais est-il quelqu'obs-
tacle dont la patience & le courage ne
puisse venir à-bout !

Le jeune Abbé préposé pour refondre
l'Etat dont il étoit membre , aussi douil-
let & aussi élégant que pouvoit l'être un
disciple formé à l'école du Marquis de
Florimene, se fit des discours académiques,
monta en chaire & déclama.

Ce n'étoient qu'antitheses , qu'épigrammes & gentillesses dans tous ses Sermons.
Chaque phrase exprimée poétiquement ,
& terminée avec art , étoit marquée au
coin du bel esprit , & tous les sujets rouloient sur *les jeux*, *les spectacles*, *la parure*,
les conversations, *les promenades*, *l'amour
des plaisirs* ; autant d'objets où l'expérience du Prédicateur lui servoit de maître.
Tout étoit d'après nature , tout faisoit tableau , & il sembloit à chaque Auditeur
qu'il se trouvoit transporté au théâtre,dans
les cercles & au milieu des fêtes.

Les geftes répondoient au mouvement des yeux , & les yeux ne manquoient point de s'enflamer lorfqu'il s'agiffoit de peindre quelque paffion. Une voix délicate , mais argentine , donnoit de nouvelles graces à l'Orateur , & fon vifage , ainfi que fa preftance , achevoient de décider tout le monde en fa faveur.

On cria d'abord au fcandale , faute de connoître le bel ufage d'avoir du goût ; mais comme il eft facile de s'apprivoifer avec tout ce qui eft aimable , les murmures fe changerent en éloges , & l'Abbé devint l'Apôtre de toutes les femmes du bon ton. Elles s'affemblerent , elles cabalerent , & leur fuffrage l'emporta fur l'avis de quelques Prêtres gothiques , qui publioient que la gravité de la chaire étoit incompatible avec les gentilleffes de l'Abbé.

Bientôt quelques Abbés, quelques Moines s'efforcerent de le copier. Ce n'étoient que foupirs & regrets de la part de certains Eccléfiaftiques qui n'avoient pas le talent d'une auffi agréable compofition ; ils s'affligeoient d'avoir des Sermons qui n'étoient remplis que de l'Ecriture & des Peres , & ils euffent voulu troquer toute leur fcience , pour l'art d'écrire & de dé-

clamer auffi-bien que le délicieux Abbé
de Florimene.

On avoit beau parcourir tous les Sermonaires pour découvrir, fi felon le privilége
du métier, il n'avoit point pillé ; mais le
moyen de trouver plagiaire un Abbé qui
n'avoit lû que des Romans & des Comédies, & qui avoit cherché fes portraits
à la toilette des femmes, & dans la converfation des beaux efprits.

Combien de fois ne défefpéra-t-il pas
ceux qui prétendoient à la rivalité ? Chaque jour la foule groffiffoit, une file de
carroffes annonçoit de loin l'Eglife où il
prêchoit, & il ne defcendoit de Chaire
que pour traverfer des flots d'Auditeurs,
que fon éloquence merveilleufe rendoit
ftupéfaits. Eh quels Auditeurs ! Des Femmes de Cour, des Seigneurs. On dit même que B ✱✱✱ Déifte & prefqu'Athée,
qui n'avoit pas paru à l'Eglife depuis le
jour de fon Baptéme, vint l'entendre, &
s'en retourna tout extafié.

Mais pour prévenir les defirs du public,
je crois devoir rapporter ici quelques endroits des fermons de notre jeune Coriphée. Voilà comment il s'exprime à l'article des Spectacles.

Les hommes, de tous tems imitateurs de

la belle nature, s'efforcerent de la copier,
& après avoir peint ce qui affectoit leurs
yeux, tels que les volatilles dont l'air est par-
semé, tels que les arbres dont la terre est
obombrée, les fleurs dont elle est si agréa-
blément émaillée, ils se firent des spectacles
de ce qui flattoit leurs passions, & le cœur
de concert avec l'imagination leur fournit
les crayons propres à ce travail. Ils furent
délicats à proportion que les passions étoient
agréables & douces, hardis & frippons ;
à proportion qu'elles étoient vives. Ainsi le
théâtre, dans les siecles effémines, ne produi-
sit que des pieces qui respiroient la mollesse,
& dans les tems célébres par les guerres,
& par la valeur, il n'offrit que des scenes
ensanglantées.

Autant de réprésentations intéressantes !
Chacun s'y retrouve, & apperçoit comme
dans un miroir le tableau de ses inclina-
tions & de ses mœurs. Le voluptueux y
voit l'objet de son amour embelli, & cette
vue remue toute son ame & l'attendrit : le
furieux y découvre l'image de sa haine, &
de ces fureurs, & cet aspect l'enflamme, &
fait renaître sa colere & sa rage.

Ah ! quelle impression ne fera point sur
vos cœurs le spectacle d'une amante éplorée,
dont on veut éteindre l'amour, en faisant

mourir celui qui en est l'objet. Ses yeux lar-
moyans, ses cheveux flottans, son visage
dont le coloris se métamorphose en pâleur,
dont les roses se changent en cyprès, sa bouche qui ne s'entr'ouvre que pour donner pas-
sage à des soupirs & à des sanglots, mettent toute l'ame en désordre, & causent des
impressions qu'on ne peut ressentir sans être
coupable, & qu'on ressent toujours avec
une violence extrême.

Oui, Messieurs, c'est au spectacle que l'homme touché, attendri n'est plus homme que
pour en éprouver les foiblesses, que ses
sens s'unissent à ses passions pour le tour-
menter jusqu'à ce qu'il succombe ; que ses
préjugés se transforment en vérités, que ses
desirs deviennent des consentemens, que ses
consentemens font des crimes, que ses crimes font des profanations de la Loi Sainte, qu'enfin ses profanations le conduisent à
sa perte, & que sa perte est celle d'une ame
créée à l'Image d'un Dieu, & formée pour
le servir.

Sur l'amour des Plaisirs.

Le texte étoit :
Gustans gustavi paululum mellis in sum-
mitate virgæ, & ecce morior. J'ai goûté un

peu de miel au bout d'une ba guette , & pour cela je meurs.

Image bien vive , Messieurs, de ces plai-sirs que nous recherchons avec ta nt d'ar-deur, de ces voluptés qui sont l'id ole du monde., & qui n'entraînent à leur suite que des dégoûts, des chagrins, des douleurs, & la mort. Et ecce morior.

J'avoue que rien n'est plus séduisant que le plaisir. A son premier aspect, il ne paroît environné que de graces & de fleurs , il sem-ble ne promettre que des délices inexprima-bles , n'exister que pour donner la nourritu-re la plus agréable à nos passions & à nos sens : ses couleurs sont vives & tendres , son langage impérieux & doux ; mais à pei-ne en a-t-on joui , que l'ame honteuse de cette jouissance éprouve un abattement , un re-pentir : disons mieux , une mort. Et ecce mo-rior.

Deux objets que nous ne devons point perdre de vue, & dont je vais vous entre-tenir , en vous disant d'abord que rien n'est plus séduisant que le plaisir ; ce sera ma pre-miere partie. Gustavi paululum mellis.

En vous représentant ensuite que rien n'est plus dangereux , & ecce morior ; *telle se-ra la division de ce discours , division qui se trouve dans mon texte , & que je me flatte de traiter d'une maniere qui réveillera votre attention.*

Sur la Providence.

Le Moteur univerfel, Meffieurs, que les uns nomment Dieu, & les autres Créateur, nous a tellement impreffionné par fon opération continuelle fur nos efprits & fur nos yeux, que nous ne pouvons penfer & voir, fans être convaincu de fa providence & de fon action. Admirable providence, qui vifible dans fon invifibilité, finie dans fon infinité, mefurée dans fon immenfité, momentanée dans fon éternité, s'étend depuis l'Ange jufqu'à l'homme, depuis l'homme jufqu'au volatile, depuis le volatile jufqu'à l'infecte, depuis l'infecte jufqu'au grain de fable qui n'a ni mouvement ni vie. C'eft cette providence qui azure & furdore les Cieux, qui argente les Aftres nocturnes, qui colore les nuages, & en fait un vernis digne de toute notre admiration. Providence dont la main creufe les rivieres, dont le crayon émaille nos campagnes, dont le mouvement ébranle la terre & la foutient. Providence qui créa les fenfations & les plaifirs, & qui nous donna des fens & des paffions pour jouir des merveilles de cet univers,

& pour former ce concours de jeux & d'affaires, de ris & de pleurs, de satisfactions & de peines, de biens & de maux que nous nommons société.

Ainsi tout est l'ouvrage de la Providence, & nous n'agissons & ne respirons que par son impression. Mais l'homme se joue de ce qu'il devroit le plus craindre, & le plus respecter; & comme s'il étoit le maître d'anéantir la divinité même par ses desirs, il se persuade qu'il n'y en a point, parce qu'il le souhaite. Souhait abominable, & dont je ne vous parle qu'en frissonnant, souhait qui a produit la secte des incrédules; c'est-à-dire de ces hommes qui ne parlent que pour mentir, qui ne mentent que pour blasphêmer, qui ne blasphêment que pour séduire, qui ne séduisent que pour se faire un parti, qui ne se font un parti que pour braver les Loix humaines & divines, & qui ne bravent ces loix, que pour se livrer impunément à leurs désirs corrompus.

Ah! que ne puis-je ici du souffle de ma bouche exterminer ces hommes audacieux, apprandre à la terre que l'on n'est grand, que lorsqu'on se croit petit, sublime, que lorsqu'on est humble, digne d'éloges, que lorsqu'on les rejette, sçavant, que lorsqu'on a la foi.

Si je pouvois ici tirer ce rideau qui voile à nos yeux toute l'économie, & toute la sagesse de la Providence, vous verriez qu'elle arrange dans le secret jusqu'à ces fibres qui constituent le plus petit animal, qu'il n'y a pas jusqu'à nos sourcils qu'elle n'ait arqué, jusqu'à nos joues qu'elle n'ait coloré, jusqu'à nos yeux qu'elle n'ait animé, jusqu'à nos cheveux qu'elle n'ait étagé. C'est à elle que je dois mon son de voix, ma figure, mes traits, & c'est elle que je dois remercier des graces naturelles, & des talens qu'elle m'a si généreusement départi.

Sur la Parure.

Que ces hommes dont la Providence, a marqué le rang, & qu'elle a comblé de biens ; que ces hommes dont la naissance est un titre dans l'état pour recevoir des préférences & des honneurs, se fassent un genre de vie assorti à leur grandeur, & embellissent leurs personnes & leurs joues par une magnificence conforme à leur état, cela doit être, & cela fut toujours.

Ainsi je ne viens m'élever ici que contre ces personnes de néant, qui sans distinction & sans goût, affectent un faste ridicule & bizarre, & donnent dans des excès

de

de mondanité. N'attendez donc de mon zèle ni des déclamations contre le luxe, ni des imprécations contre une certaine délicatesse qui fut toujours le partage des ames bien nées ; je sais que le luxe est nécessaire aux Etats, qu'il fait fleurir le commerce, circuler l'argent, & qu'il y a des conditions qu'on ne distingue que par des ornemens extérieurs.

Loin de nous cette division farouche, qui ne connoît de décence que des couleurs obscures & rembrunies, & qui feroit presqu'un reproche à l'Auteur de l'univers d'avoir donné trop de magnificence & trop d'éclat à la terre & aux Cieux ; cette dévotion qui s'allarme & qui s'irrite à l'aspect d'un beau visage, & qui range presqu'au nombre des péchés mortels, l'avantage d'une belle taille & celui d'avoir du goût..

Sur le Monde.

Le monde est une énigme : qui pourra la deviner ? Le monde est un mystere, qui pourra l'expliquer ? Il échappe à celui qui veut le peindre, il fuit celui qui croit en jouir. Les brillantes couleurs dont il se pare paroissent des nuages aux yeux du Philosophe, & la philosophie n'est qu'une affection mélan-

D

colique selon les mondains. Ainsi les hommes se jouent les uns des autres, & ce jeu forme l'essence de toutes nos sociétés.....

La science du monde, toute superficielle qu'elle est, exige beaucoup d'étude, & beaucoup d'art. C'est une folie de la mépriser, c'est une sagesse de ne pas s'en occuper. On connoît le monde, lorsqu'on connoît les hommes; on ignore les hommes, quand on s'ignore soi-même. Les scenes du monde varient, parce que nous sommes changeans, & nous changeons, parce que l'inconstance est l'appanage de l'humanité.....

Sur la Fête de S. Jean-Baptiste.

Qu'est-ce que Jean-Baptiste? un arc-en-ciel qui succéde à des tems nébuleux, un aurore qui précede le jour le plus brillant & le plus solemnel, un crépuscule qui annonce le soleil, un zéphir qui porte sur ses aîles la plus féconde & la plus délicieuse rosée.

Sa vie est angélique, son langage surhumain, sa figure céleste. Il ne se nourrit que des fruits de la pénitence, il ne marche que sur les épines de la mortification, il ne vit que pour mourir à tout instant, il ne fuit le monde que pour se trouver, il ne pratique la loi, que pour sentir les influences de la grace, il ne châtie son corps, que pour élever son ame ; il n'évite les conversations, que pour converser avec Dieu.

Grand dans sa petitesse, lumineux dans son obscurité, doux au sein de l'austérité, il n'est jamais moins seul, que lorsqu'il est seul, jamais plus riche, que lorsque tout lui manque, jamais plus content que lorsqu'il est privé de toutes les consolations humaines, jamais plus célébre, que lorsqu'il vit inconnu.

Que ne puis-je vous peindre ici son désert. Les vertus en font un parterre qui embaume & qui ravit, les Anges y viennent admirer un mortel qui les imite, Dieu lui-même y descend pour contempler son propre ouvrage. C'est-là qu'une priere qui a toute la suavité de l'encens, toute l'activité du feu, toute l'action de la grace, toute l'ardeur de la charité, s'eleve à travers les noires exhalaisons du monde dont l'air est infecté, & pénétre jusqu'au-delà de ce Ciel où fut ravi S. Paul....

Sur la mort de la Duchesse de * * *

Si la mort, dans cette foule de personnes qu'elles ne cesse de moissonner, eût dû en épargner une, ah, n'en doutez pas ! ç'eût été l'Héroïne que nous pleurons. Que de charmes qui devoient l'exempter des rigueurs du trépas, que d'agrémens qui devoient la met-

tre à l'abri de la fatalité du destin. On ne
sçavoit ce qu'on devoit admirer davantage
de son ame ; ou de son corps, de son esprit,
ou de son cœur, de sa science, ou de sa gé-
nérosité. Ferme sans rudesse, magnanime
sans ostentation, populaire sans familiarité,
compatissante sans foiblesse, prudente sans pu-
sillanimité, sage sans excès, elle offroit à la
terre le spectacle d'une créature presque parfaite. Mais, ô deuil! ô désespoir! les destins n'ont
fait que la montrer, ainsi qu'une tendre rose
qui germe, qui boutonne, qui s'épanouit ;
elle paroît avec éclat, & presqu'aussi-tôt elle
succombe à la violence d'un orage qui la ter-
nit, qui la fane, & qui la renverse....

Ou trouver un pinceau assez délicat pour
rendre au naturel toutes les graces, & toutes vertus qui firent un chef d'œuvre de
notre illustre morte? Graces dans la figure,
graces dans la conversation, graces dans
le maintien, graces dans les manieres, elle
sembloit n'exister que pour revivre dans tous
les cœurs. Vertus de tempérament, vertus
de réflexion, vertus supérieures à toutes celles qu'on admire communément, elle n'a-
gissoit que par des impressions toutes célestes.
Son esprit étoit un trésor, son cœur un
sanctuaire, son ame un ciel. Philosophe au
milieu des grandeurs, grande au milieu de

miferes de la vie, elles fembloit n'avoir rien d'humain, que des fentimens d'humanité...

Temple qui poffédez maintenant fes dépouilles, félicitez-vous d'avoir les précieux reftes d'une mortelle qui ne travailla que pour l'immortalité, d'une femme qui n'eût de fon fexe que la douceur & la modeftie, d'une Ducheffe qui ne connut de grandeurs que de celles de les méprifer.....

Et vous qui aujourd'hui fpectateurs,& peut-être demain fpectacle, affiftez à cette lugubre cérémonie, n'efpérez plus revoir jamais fur terre une ame auffi magnanime,auffi vertueufe que celle qui anima très-haute, & très-puiffante Dame, &c.

Il falloit des fiecles pour la produire, & il en faudra pour la renouveller. Les tems s'épuifent dans l'enfantement des Héros, & ne reviennent de cet épuifement, qu'après une fucceffion d'âges & prefqu'un renouvellement du monde eniter.

Delà cette penurie de grands hommes, cette rareté de mérite, qui n'offre qu'un grand vuide à nos yeux, & qui nous force à donner des éloges à la médiocrité même, & à mettre au nombre des vertueux, ceux qui n'ont pas de vice, à nommer génies, ceux qui ont à peine de l'efprit.

Quel dommage ! malgré la nécessité d'avoir un Prédicateur de cet acabit, sa poitrine s'altéra, & toutes les Tablettes, & tous les Syrops, ne purent lui rendre ses forces & sa vois ; mais comme il n'y a presque pas de malheur qu'on ne puisse réparer, il laissa quelques Chaires de la Capitale remplies de dignes imitateurs. Cependant le grand œuvre n'étoit qu'ébauché, il falloit absolument éduquer certains Ecclésiastiques, & les manier. Notre merveilleux Abbé le sentit, & il ne descendit de Chaire, que pour persuader à ces Confreres de suivre les modes & de prendre le bon goût.

On ne sçait si ce fut son adresse à s'insinuer dans les esprits, ou l'heureuse disposition de ceux qu'il converti, qui le rendirent maître du champ de bataille ; mais quoi qu'il en soit, il réussit sans peine & sans effort, & des Abbés se hâterent de fréquenter les cercles & les jeux Ils devinrent douillets comme des femmes & pousserent la métamorphose jusqu'aux vapeurs ; ils ne dormirent plus que sur le duvet, ils ne se leverent plus qu'à midi ils ne se nourrirent plus que de friandises, ils ne porterent plus que du velours & du satin en un mot ils se pâterent, se

parfumerent fe friferent , & oferent même avoir des boucles de brillans , des
manchettes à dentelles & à deux rangs.

Les rabats perdirent leur pâleur , &
prirent la couleur du gros bleu , & chofe étonante , les aufteres Janféniftes & les
dévots Sulpiciens , s'unirent enfemble
pour adopter cette nouvelle mode. On vit
donc des Eccléfiaftiques confondus avec les
gens du monde , & il y firent le rôle de
joueurs de galans ; il agacerent les plus
jolie femmes , & ils le difputerent aux plus
élégans petits maîtres en graces & en
gentilleffes.

Les Evêques, toujours attentifs à mainte-
nir la difcipline , fe plaignirent , & s'efforcerent d'arrêter les effets d'un Papillotage
auffi outré : mais leurs avis & leurs mena-
ces n'aboutirent qu'à exciter de l'admiration de la part des bons Eccléfiaftiques , &
des railleries de la part des indociles & des
volages.

Trifte coup d'œil pour des hommes
fcrupuleux ! mais heureux récits, pour un
pere qui voyoit enfin fes projets accom-
plis ! Brillant tableau ! aux yeux d'une
mere qui ne ceffoit de vanter les exploits
de fes généreux fils. Peut-être que fi ces
précieux enfans euffent paru un fiecle

plutôt, ils n'auroient pas gagné un pouce de terrein ; mais qu'importe ? On ne juge des affaires que par l'événement ; & quoique les esprits fussent disposés à recevoir ces nouveaux venus, ils n'en sont pas moins dignes d'éloges & d'admiration.

Mais qui se seroit attendu à voir les Moines même suivre ces exemples ! Cependant la chose arriva ; & les cloîtres furent redevables de cette singuliere métamorphose, au jeune Florimene, qui se fit Religieux dans un Ordre où l'habit est élégant. Il en tira tout le parti qu'on pouvoit en espérer. Il se papillota, il se poudra, il s'ajusta. Ses vêtemens le disputerent à la blancheur de la neige, & ses manieres à celles d'un homme de Cour, au point que les autres Ordres le fixerent, & crurent ne pouvoir mieux faire que de le copier. Quel coup d'œil ! On apperçut je ne sçais combien de personnages morts au siecle, revivre au monde par une affectation & des airs extraordinaires. Ceux qui ne portoient que de gros draps, endossoient l'étamine ; ceux qui étoient à peine chauffés, prirent des bas de soie ; les uns changerent leurs corroies pour des boucles d'argent, les

autres

autres troquerent leurs feutres pour des castors ; ceux-ci couperent leur barbe & laisserent croître leurs cheveux , ceux-là malgré l'épaisleur de leur froc , & l'horreur de leur accoûtrement , ne se servirent que des plus beaux mouchoirs de l'Inde , & pousserent la sensualité jusqu'à les parfumer.

Il seroit difficile d'imaginer combien cet événement fut rapide. En moins de six ans , tout fut changé , & il n'y eut que les strictes observateurs de la régle qui ne consentirent point à ses charmantes innovations ; mais comment les regarda-t-on ? Leur zèle fut traité d'enthousiasme , leur régularité de folie.

Ainsi tout se ressentit des modes introduites par le trop aimable Florimene , & il faut avouer qu'il n'y avoit qu'un Religieux de cette espece capable de les introduire. Un Bénédictin étoit trop lugubre pour le tenter, un Cordelier trop sans façon pour l'insinuer , un Capucin trop pénitent pour le proposer.

Bientôt les réfectoires se changerent en Salles, où l'on ne cessa de donner des repas somptueux aux Séculiers, où l'on fit pétiller le champagne, où l'on égaya les propos , & où l'on fredonna des chansons. Les

E

Bibliothéques devinrent des déferts, où les
rats prirent fans crainte leurs ébats, & les
brochures courantes remplacerent les *in-
folio*. Les Cellules furent jugées incom-
modes & mal-faines, & on leur fubftitua
des chambres élégantes, ornées d'eftam-
pes, de lits à la mode, de dorures & de
cheminées ; & les promenades publiques,
qui l'auroit cru : furent l'endroit où les Cé-
nobites vinrent fe mêler avec les femmes du
monde & paffer leurs heures de recréation.
L'Office fe dit à la hâte, & fous prétexte
que les forces de l'homme ont diminué &
qu'on manque de Sujets, on ne fe leva plus
la nuit & on ne jeûna prefque plus. Le
maigre incommoda, & le gras devint auffi
commun parmi ceux qui avoient fait vœu
de n'en point manger, qu'au milieu du
monde.

Ainfi les Cloîtres perdirent cet air morne
& lugubre, qui n'infpiroit que la pénitence ; ainfi les Religieux qui adopterent ces
modes, ne furent plus connus pour tels
que par la forme du capuchon, qui eft encore le fymbole monaftique, mais qu'on
cache & qu'on rétrecit autant qu'on peut ;
ainfi le monde fe trouva dans le fein même
de ceux qui y avoient renoncé ; les vœux
parurent moins des obligations que desdif-

penfes , & tout , jufqu'aux....... prit un air d'élégance & de mondanité.

Le Papillotage acquéroit donc chaque jour des difciples, lorfque l'épaiffe Finance commença à fe remuer, & à goûter le nouveau genre de vie qui s'introduifoit de toutes parts.

Perfonne n'ignore que les Maltotiers , prefque auffi maffifs que leur or, fe contentoient autrefois d'ouvrir de tems en tems leurs coffres-forts , & d'y contempler leurs écus. C'étoit tout leur plaifir. Soit qu'accoutumés par leur extraction , à une vie groffiere & mefquine, ils n'euffent ni goût, ni manieres, foit qu'affez fins pour ne pas faire appercevoir leurs richeffes au public, ils vouluffent mafquer leur fortune & leurs gains , ils ne connoiffoient ni la fenfualité, ni la volupté. Leurs airs étoient prefque ruftiques, leur table bourgeoife , leur habillement gothique , leurs maifons fans ornement & fans commodité. Mais quel miracle.

L'élégante fille du Marquis de Florimene , prend pour époux un vieux Financier , riche à millions , & dès la premiere année du mariage , on dépenfa onze cens mille livres en fêtes, en équipages, en garde-robe, en ameublemens. On apprend au bon-homme, qui n'avoit d'esprit que celui de calculer, que l'or entaissé n'a pas plus de mérite que les pierres, que la vie est trop courte, pour ne pas s'empresser d'en goûter les plaisirs, & que c'étoit le comble de la félicité de pouvoir se les procurer.

La nouvelle Epouse étoit belle, & elle sçavoit assaisonner ses remontrances de tant de charmes & de graces, qu'il n'y avoit pas moyen de résister. Le bon-homme eut beau objecter son âge & son économie, alléguer les difficultés qui lui en coûteroit pour prendre un nouveau genre de vie, & pour entrer dans le monde dans un tems où l'on pense communément à en sortir, il fut obligé de se rendre. Il est vrai que sa femme l'assura qu'il seroit dispensé d'assister aux festins qu'elle donneroit, & qu'elle se proposa pour faire avec ses amis tous les frais de la représentation. On exigea simplement de lui qu'il consentît à dormir sous des lambris dorés, à ne plus voir que des livrées brillantes, au lieu des habits obscurs dont ses valets étoient couverts, à ne plus s'habiller que selon les saisons & le nouveau goût, à oublier enfin ses jambes & sa béquille, pour se laisser pompeusement traîner dans un brillant équipage.

On lui apprit l'alphabet de l'opulence &

de la grandeur, qui confiste à dire, *mes gens*, à ne jamais appeller fa femme que *Madame*, & fa mémoire, quoiqu'embrouillée fur tout ce qui n'étoit point calculs, retint aifément ces mots.

Cette métamorphofe auffi finguliere que fubite, ne manqua pas fans doute d'exciter des railleries de la part des uns, & des applaudiffemens de la part des autres. Chacun ne parloit que de cet événement, tandis que les confreres du perfonnage qui fe donnoit en fpectacle, ne fçavoient s'ils devoient imiter, ou blâmer. La circonftance étoit fans doute délicate. Reftoient-ils dans leur premiere fituation, ils paffoient pour avares, pour gens incapables de fréquenter la bonne compagnie, & d'être maniérés, ils fe fermoient l'entrée aux grands mariages & on les montroit au doigt; arboroient-ils la magnificence & fe mettoient-ils à la mode, ils rifquoient d'expofer leur fortune aux yeux des clair-voyans, & ils en craignoient les fuites. Terrible combat! Cruelle alternative!

Pendant ces fyndérefes & fes perplexités, la nouvelle Financiere vifitoit toute la haute Maltote, & laiffoit par-tout des traces de fes graces & de fes parfums. On ne ceffoit de fe récrier fur l'éclat de fa per-

fonne, fur le brillant de fes équipages, fur
le bon air de fes gens, & ce cri étoit fi univerfel, que les avares les plus invétérés,
que les hommes les moins fufceptibles d'a-
grémens ne murmuroient que tout bas.
Enfin les écailles tomberent, & l'on vit
clair. On vit qu'un argent inutile perdoit
toute fa valeur, & qu'en l'employant à la
parure & au fafte, on fe procureroit des
époufes de qualité, on tiendroit à la premiere nobleffe, & qu'alors on acquéreroit
des protecteurs, qui ferviroient dans le
befoin.

Tous les Traitans en conféquence changerent de fyftême dans le même mois. Ils
fortirent du fein de cette opulence fourde,
dont on ne s'appercevoit pas, pour embraffer une vie fomptueufe & bruyante,
& ils parurent fur le théâtre du monde, auffi
leftes & auffi pimpans que des Comtes &
des Marquis. Quelques-uns parurent d'a-
bord gênés, embarraffés; mais ils prirent
des Maîtres, déjà il s'en trouvoit. Ainfi ils
acheterent l'honneur de fe préfenter avec
grace, ils en avoient les moyens, & leurs
maifons devinrent des palais.

Ce ne furent plus que fêtes & feftins, &
tout le monde jufqu'aux premiers Seigneurs, fe fit gloire d'aller prendre la fou-

pe du Financier ; mais la ville parut trop
refferrée pour l'effor que Meffieurs les
Traitans oferent fe donner. Ils couvrirent
la campagne de châteaux, où des armoiries peintes & fculptées les annonçoient
de toutes parts. Ce fut-là que des ferres
délicieufes produifirent dans tous les tems
les fruits de toutes les faifons, que de merveilleux potagers entrecoupés de canaux
attirent l'attention de tous les curieux,
que des allées pouffées à perte de vue fem-
blerent des forêts, & que des bâtimens qui
paroiffoient menacer le Ciel, déroboient
aux yeux des voyageurs l'afpect même de
la capitale.

Telle fut l'époque où la Finance alla de
pair avec la plus haute Nobleffe. Combien
les Marchands n'y gagherent-ils pas ? car il
n'y avoit eu jufqu'alors que le Militaire,
l'Abbé, l'homme de Cour qui brilloient,
& tous ces Meffieurs ne payent pas fouvent.

Il femble qu'après ces progrès la Nation
devoit être entiérement maniérée, & que
le Papillotage n'avoit plus de victoires à
remporter ; cependant il en reftoit une importante pour confommer l'œuvre, s'il
eft vrai, comme perfonne n'en doute,
que les Religieufes forment un corps con-

E 4

fidérable dans l'Etat , & qu'elles font les êtres les plus propres à introduire des ufages , à perfuader & à fervir de modèles. Elles élevent la jeuneffe , elles vont à toute heure au parloir , elles écrivent fans ceffe , & on croit volontiers à leurs paroles & à leurs lettres.

La fille du Marquis deftinée à cette entreprife, fe hâta de poftuler, & de prendre le voile. Elle trouva déjà toutes les bonnes Sœurs occupées de la révolution qu'excitoient les modes, comme d'un événement qui étoit une nouvelle. Leurs converfations ne rouloient que fur les manieres , les tons & les airs , que toute perfonne qui vouloit plaire étoit abfolument obligée de prendre.

Sœur *Sainte Rofalie* fe répentoit d'être Religieufe dans une circonftance où elle eût pu donner tout l'effor à fon goût pour la parure ; & la Mere *Sainte Gertrude* penfoit que fon vifage déjà ridé reprendroit fes anciens charmes, fi la guimpe étoit au moins plus fine , & le voile plus élégamment arrangé ; mais c'étoit le grelot ; perfonne n'ofoit l'attacher.

On craignoit les feptuagénaires, & il y en avoit bon nombre, c'eft-à-dire, ces graves fybilles qui fe faifoit repréfenter chaqu'année la poupée de la Communauté, figure entiérement habillée comme l'Institutrice, & qui auroient cru apoſtaſier d'y ajouter ſimplement une épingle ; ou d'en retrancher un pli.

Il n'y avoit que l'inſinuation , & l'aſſiduité auprès de ces Meres ſempiternelles ; qui puſſent les gagner , ou du moins les rendre tolérantes ſur l'article des modes. La jeune Florimene le ſentit , & elle employa ce moyen ; mais ce ne fut ni pendant ſon noviciat , ni même la premiere année après ſa profeſſion. Elle eût alors infailliblement paſſé pour un petit organe de Satan , & pour Satan lui-même , qui venoit tenter Eve dans le Paradis Terreſtre. Elle diſſimula donc , elle attendit ; & lorſque le tems fut venu , elle commença par dire que les Religieuſes où les Penſionnaires ſe maniéroient , avoient beaucoup plus de ſujets , & que le monde vraiment bizarre prenoit pour méthode, de ne plus affectionner d'autres Communautés que celles où l'on ne s'effarouchoit point de la parure & des modes.

Ces premieres paroles ne firent nulle impreſſion ; mais comme elles furent ſouvent répétées , & avec beaucoup d'adreſſe, elles eurent une partie du ſuccès qu'on en attendoit ; & pour achever l'ouvrage , on engagea les bonnes Meres à permettre qu'on repréſentât la Tragédie d'Eſter. Cette piéce plut , & la parure qu'on employa pour cette fête , apprivoiſa les vieilles Religieuſes avec les plus brillantes couleurs, & tout l'attirail du ſiécle. Il fallut leur montrer juſqu'aux moindres rubans , juſqu'aux moindres ajuſtemens dont on ſe ſervoit ; & enchantées de la complaiſance avec laquelle on ſatisfait leur curioſité , elles convinrent enfin que les modes donnoient beaucoup de grace , & que celles-là étoient plus élégantes , que la maniere dont on les paroit dans leur jeuneſſe.

Les choſes en étoient-là , lorſque l'Abbeſſe du couvent, accablée de langueurs & d'années , termina ſa carriere par une foudroyante apoplexie, & fit place à la belle *Olimpe* , qui fut élue. Circonſtance heureuſe ; & qui devint l'occaſion d'un changement univerſel. La nouvelle Abbeſſe ayant commencé par accabler de préſens & de careſſes les Religieuſes qui compoſoient ſon conſeil , manifeſta clairement ſon goût , penſant avec raiſon que la reconnoiſſance autant que la complaiſance les engageroient à déférer à ſes volontés ; elle ne ſe trompa point. On trou-

va que *Madame* étoit charmante, que tout
ce que *Madame* défiroit étoit raifonnable ,
que tout ce que *Madame* faifoit étoit au
mieux , que tout ce que *Madame* difoit
étoit affaifonné de graces , d'efprit & d'é-
quité , & les parloirs retentiffoient de ces
expreffions.

Bien des Abbeffes euffent cru que ces
aveux fuffifoient pour fe livrer à toutes
leurs fantaifies; mais celles-ci fine & fubtile
préfuma avec raifon qu'il falloit autre chofe
que des complimens , pour changer l'efprit de toute une maifon ; & afin de faire
tout en régle , elle affembla le Chapitre ,
qu'elle eut grand foin de prévenir par mille
attentions envers toutes les Religieufes.

C'étoit un fpectacle de voir tout un ef-
fain voilé fe réunir pour approuver la
mondanité d'une Abbeffe , fous prétexte
de réformer des abus. Les vieilles à la
droite paroiffoient des finges en guimpes
& en bandeaux , & les jeunes à la gauche
reffembloient à des hirondelles qui ne
cherchent qu'à voltiger & à gazouiller. Les
Confeilleres & les Difcrettes lurent tour-
à-tour les Chroniques de l'Ordre & les
Statuts , & fi-tôt que cette lecture fut
finie , l'Abbeffe s'exprima ainfi :

Sans doute ces Réglemens furent autre-

fois dictés par la plus haute sagesse ; mais
comme les siecles ne se ressemblent pas , &
que ce qui est décent dans l'un est ridicule dans
l'autre , on peut selon les tems , les lieux &
les circonstances , changer quelque chose à
des Statuts qui n'ont été faits que confor-
mément aux coutumes des âges passés. Vous
sçavez , nos très-cheres Meres & nos très-
cheres Sœurs , que l'habit ne fit jamais le
Moine , & je crois que dans des jours comme ceux-ci , où la vertu semble effaroucher
les gens du monde , il faut éviter toute singularité , & parer autant qu'on peut cette même
vertu , pour qu'elle paroisse aimable. Cependant je ne veux rien faire que de votre avis ,
car je connois votre prudence & votre capa-
cité , & ces sentimens ne seront point passa-
gers. En tout vous me verrez prête à seconder
vos desirs , & à vous accorder tout ce qui dé-
pendra de moi pour votre satisfaction & pour
vos besoins.

Après ce prélude , on délibéra sur ce
qu'on devoit changer , & l'on proposa
d'employer dorénavant des étoffes plus
fines , & des voiles moins épais ; de mettre les guimpes dans le bleu , & de porter
des tabliers blancs ; d'avoir des queues traî-
nantes qu'on retrousseroit avec une agraf-
fe d'argent hors du parloir , du Chapitre

& du Chœur; d'employer foixante-fix épingles pour l'habillement de chaque Religieufe. Cette circonftance penfa faire un fchifme, les unes en vouloient ce nombre, & les autres prétendoient que quarante devoient fuffire; mais comme c'étoit une affaire de calcul, l'Abbeffe ordonna à la Mere dépofitaire d'examiner tous les plis & replis de la robe & du voile, & de fuputer. Le réfultat fut pour les foixante-fix épingles, & chaque Religieufe applaudit; mais on établit que les Sœurs Converfes n'en employeroient que trente, & que ce feroit une marque de diftinction. On permit un feul miroir de poche, comme étant plus modefte, & néceffaire lorfqu'on fe rend au parloir. On agita enfuite la queftion du filence, & l'on opina pour un quart d'heure chaque jour, en ajoutant que fi cette pénitence paroiffoit trop rigoureufe, la révérende Mere Abbeffe feroit maîtreffe de l'abréger.

Quant à ce qui concernoit cette très-aimable Supérieure, il fut ftatué qu'elle feroit maîtreffe de fe procurer toutes fes commodités, qu'elle fe ferviroit de manchon pendant l'hiver, d'éventail pendant l'été, qu'elle ne feroit tenue d'affifter à l'Office que les Dimanches & les Fêtes,

& que sa table seroit composée des Religieuses qu'il lui plaisoit.

On nomma ensuite une Mere Confiseuse, & on la chargea d'entretenir les parloirs de bombons & de biscuits, & de préparer continuellement des syrops pour le Confesseur & le Chapelain.

Ces Réglemens ayant été lus, furent unanimement approuvés, à l'exception d'une seule qui protesta contre, & qui a été regardée comme discole le reste de ses jours.

Un vainqueur ne sort pas du combat avec plus de gloire & de satisfaction, que notre Abbesse sortit du Chapitre. Tout annonçoit son triomphe & sa joie. Elle employa ce premier moment où son cœur palpitoit encore, à écrire à la Marquise sa mere le succès de ses travaux. Cette Lettre qu'on a conservée avec soin, est conçue en ces termes :

Madame & très-honorée Mere,

Enfin je suis autorisée par acte capitulaire, à introduire dans ma Maison toutes les Modes qu'il me plaira. Les Vieilles même dont je craignois la résistance, ont souscrit joyeusement à mes volontes. Il est vrai

que depuis ma nomination, je n'ai cessé
de les combler de politesses & de présens.
Elles n'ont pas vu quel étoit mon objet, &
tout s'est terminé comme je le desirois, sans
éclat & sans affectation.

J'ose dire, sans me flatter, que toute autre Abbesse y eût échoué. Vous nous verrez
donc désormais dégagés de tout cet attirail
lugubre, qui nous donnoit un air austere
& farouche. Nous ne serons plus des Sœurs
& des Meres, mais des Dames, dont l'é-
légance & la propreté charmeront les yeux.
Vous ne pourriez vous empêcher de rire à
l'aspect de la métamorphose qui se fait maintenant dans l'Abbaye. Les Vieilles supplient
les Jeunes de les arranger selon le nouveau
goût, & les Jeunes ne cessent de venir me
consulter, afin que nous soyons au moins
toutes uniformes dans la maniere de nous
ajuster. Je ne vous attends qu'au commen-
cement de l'autre mois ; c'est à dire, vers le
tems où les Tailleurs & les Ouvrieres auront fini nos robes & nos voiles. J'espére
que vous trouverez tout de votre goût, &
que vous vous reconnoîtrez vous-même dans
tout ce que j'aurai prescrit.

Notre Abbaye, comme très-célébre, sera
sûrement bientôt prise pour modèle, & j'aurai la gloire de voir plus d'un Couvent

nous imiter. J'en reſſens un plaiſir indicible par celui que cela vous cauſera, n'ayant
pas une plus grande ſatisfaction que de
pouvoir vous marquer le profond reſpect avec
lequel j'ai l'honneur d'être,

Ce 13 Mai 1722.

> Votre très-humble & très-
> obéïſſante ſervante & fille,
> *l'Ableſſe de* ✳✳✳✳

La réponſe à cette Lettre peint la Marquiſe au naturel, & j'ai cru devoir l'inférer ici comme un monument de ſa paſſion pour tout ce qui avoit rapport aux
Modes.

Ah ! que je ſuis charmée, ma chere fille,
d'apprendre de vous-même juſqu'où vous
avez pouſſé le zéle & l'attention. Je ne me
verrai donc plus environnée que de perſonnes qui auront du goût, qui connoîtront
les uſages du beau monde, & il ſera vrai
de dire que j'ai été le principe & le mobile
de tous ces ſuccès.
 Votre Lettre m'a rendu la vie ; car je ne
vous diſſimulerai point, que malgré l'eſprit
& l'adreſſe que je vous connois, je craignois

gnois qu'il ne vous fût impoſſible de réuſſir.
Le Marquis eſt pénétré de joie , & vos freres n'ont pu contenir leurs tranſports. Ils
viendront tous avec moi vous faire leur
compliment.

Je vous envoie des tabatieres à la nouvelle mode , pour vous & pour vos Dames ,
& je vous recommande de bien les ſaluer
toutes de ma part, comme des perſonnes
qui me ſont devenues infiniment cheres, depuis qu'elles ont ſuivi vos conſeils. Je bats
les buiſſons pour vous trouver des Penſionnaires , & vous n'en manquerez ſurement
pas. Ordonnez qu'on mette moins de ſucre
dans vos confitures ſéches , cela eſt eſſen-
tiel. Adieu ma chere fille , je ſuis à jamais
votre affectionnée mere ,

La Marquiſe Florimene.

L'Abbeſſe lut cette Lettre en pleine
Communauté, & ce furent éloges ſur éloges en l'honneur de la mere & de la fille.
Quelle conſolation , diſoit l'une , d'avoir
une Supérieure d'un mérite auſſi rare ?
quelle gloire, diſoit l'autre , de voir à notre tête une perſonne iſſue de parens ſi
dignes de reſpect & d'amour !

Bientôt les anciens parloirs ne furent

F

plus fupportables , & l'on en conftruifit, d'autres , où l'élégance de l'architecture & des ornemens fe fit appercevoir. Bientôt Madame eut fa table particuliere , où elle n'appella que fes bonnes amies , & elle vécut étrangere au milieu de fes propres Sœurs , beaucoup plus livrée aux perfonnes du dehors qu'à celles du dedans ; bientôt des migraines & des infomnies fe fuccéderent fans interruption, pour difpenfer l'Abbeffe de tout Office , pour l'engager à appeller continuellement les Médecins , à prendre fans ceffe des bouillons & des fyrops , & pour lui permettre de paroître au parloir en manteau de lit , en cornettes de nuit , en mouches & en fontanges ; bientôt des chiens de toute efpece , & des oifeaux de tout ramage & de toutes couleurs , fervirent de paffe-tems, & les cartes mêmes furent employées à diftraire des vapeurs , car cette nouvelle maladie devoit néceffairement achever le portrait.

Les Tourrieres du dehors firent plus de cent courfes , & plus de cent fois elles furent grondées, avant d'avoir rencontré une étoffe capable d'habiller *Madame*. On eût pris de la foie fi on eût ofé , mais la métamorphofe eût été trop confidérable , & l'on

fe contenta du plus beau voile. On chercha par-tout des Tailleurs, & parmi dix-
neuf il n'y en eut qu'un affez heureux
pour bien prendre la taille de la divine
Abbeffe, & pour donner à fa robe les
graces qu'elle exigeoit. Il lui fallut chaque
jour deux paires de gants, & afin d'immortalifer fon bon goût, elle imagina la
mode de faire des nœuds, mode qui paffa
jufqu'à la Cour, & qui fert à relever la
beauté de la main, & l'agilité des doigts.

Les Religieufes apprivoifées avec toutes
les belles manieres, ne tarderent point à
être citées & imitées, à l'exception des
Vifitandines, des Urfulines, des Clariftes,
des Hofpitalieres, des Carmélites, qui ré-
fifterent au torrent des modes, mais qui
furent mifes au rebut comme des perfonnes fans efprit & fans goût, & qu'on af-
fubla de tous les ridicules de la fauffe dévotion, & de toutes les fimplicités du
Cloître; il y eut auffi plufieurs Monafte-
res de Bénédictines & de Bernardines qui
s'en tinrent à leur régle.

Quant à la fœur de l'Abbeffe, qui reftà
dans le monde, & qui ne voulut point fe
marier; afin d'apprendre aux Demoifelles une nouvelle maniere d'obferver le
célibat, elle fe donna toutes les libertés

E 2

poffibles. Elle eut à la campagne des comédies, à la ville des petits foupers, &
tout le monde y alla ; elle tint les propos les plus réjouiffans, & chacun les écou-
ta. Enfin elle accoutuma fi bien les oreil-
les & les yeux à tout ce qu'elle voulut
dire & faire, qu'on blâma les filles qui
ne l'imitoient pas, & qu'on vit infenfi-
blement l'état de Demoifelle former un
état, & devenir la condition la plus volup-
tueufe, & la plus agréable.

On vécut fans fcrupule avec un bon
ami qui prit foin des affaires, & qui fe
chargea quelquefois de donner des con-
feils, & on eut des effains d'amans, qui
comme des papillons ne ceffcrent de voltiger & d'amufer, & qui d'un jour à l'autre fe brouillerent & fe raccommoderent,
afin de rendre le plaifir de l'entrevue
plus vif & plus piquant. On joua tous les
rôles, & fur-tout celui de capricieufe, comme le plus capable d'intéreffer & d'attacher : Qu'y a-t-il de plus aimable en effet, que de voir une perfonne faire tout
à la fois la pluie ; la grêle, le beau tems,
imiter enfin par fon inconftance & par
fes variétés les changemens des lunes &
des faifons ?

C'eft donc depuis cette époque que de

vieilles Demoiſelles , qu'on ſuppoſe toujours dans la fraîcheur du premier âge ,
& dont les années , comme les nombres
de piquet , ſe comptent toujours par vingt-
neuf juſqu'à ſoixante , portent les couleurs
les plus vives , agacent les jeunes gens ,
ont des amis ſecrets , dont elles achetent
la complaiſance & la ſociété , & jouiſſent
à l'extérieurs des honneurs de la virginité.

Ces ſortes de perſonnes , qui n'étoient
ni femmes , ni veuves , s'appelloient jadis
Dévotes , & vivoient en conſéquence dans
une certaine obſcurité ; mais la fille du
Marquis changea cette mode importune,
& il faut avouer que certaines dévotes
ne contribuerent pas peu , par leur vanité,
leurs médiſances , leur humeur , à faire re-
douter leur état comme l'aſyle de l'hypo-
criſie ; de ſorte qu'on aima beaucoup
mieux afficher la mondanité la plus ou-
trée ; que de ſe faire un maſque de la
vertu même.

Ce n'eſt pas que ces Dévotes ne par-
ticipaſſent aux Modes : perſonne n'ignore
qu'elles ont le ſecret de donner des graces à l'étamine même ; qu'elles emploient
ordinairement le brun comme un fard
propre à relever leur teint , & qu'elles ne
manquent jamais d'égayer leur retraite

par des vifites fréquentes de leurs Direc-
teurs qu'elles nourriffent de tout ce qu'il
y a de plus exquis ; mais malgré toutes ces
douceurs , & tout ce raffinement de cette
dévotion , cette forte de vie eft toujours
gênante , & la fille du Marquis jugea qu'il
falloit autant fe damner en nille du monde,
qu'en Dévote affichée.

Son Hôtel , car elle en acheta un magnifique , devint le rendez-vous des beaux
efprits. Elle eut des jours affichés pour traiter
les Académiciens , les Artiftes & les Etrangers ; & quoiqu'elle ne connût ni les
Sciences , ni les Arts , ni les Pays qui en-
tourent la France , cela n'empêcha point
qu'elle ne paffât pour très-fçavante , &
que les Philofophes ne s'efcrimaffent contre tous ceux qui n'avoient pas le talent
de l'admirer. Il eft vrai qu'elle fçavoit peut-
être une cinquantaine de phrafes recherchées , deux cents mots nouveaux , & que
fon ton étoit décifif & tranchant.

D'ailleurs tout étoit fignificatif dans fa
perfonne , & l'on appercevoit des graces
jufques dans le plus petit mouvement de fes
lévres & de fes doigts. Sa maniere d'a-
giter fon éventail , fa façon de fe pre-
fenter , annonçoient une perfonne extraor-
dinaire , qui devoit néceffairement avoir

du génie. On l'interrogeoient comme l'O-
racle de Calcas , & tous les Parasites beaux
esprits ne manquoient jamais d'exhalter la
réponse telle qu'elle fût , & de lui prêter
un sens merveilleux.

Bientôt il ne fut plus question que des
saillies de Mademoiselle de Florimene ,
& des charmes qu'on trouvoit dans sa
conversation. Son jugement sur le mérite
des Ouvrages & des Auteurs fit autorité.
L'Abbé de *** vint régulierement lui lire
ses Sermons & ses Comédies , & le Che-
valier de *** , pour faire valoir ses Chansons & ses Poésies , la conjura de les approuver.

Il y avoit du moins un avantage chez
Mademoiselle de Florimene , c'est qu'on
n'y jouoit presque pas. Elle en sçavoit assez pour connoître que le rôle de joueuse
ne s'allie point evec celui de sçavante , &
elle vouloit soutenir le personnage *de la*
Femme Docteur.

Cependant elle toléroit les cartes , &
elle trouvoit bon qu'on en fît une partie
comme un usage que la mode autorise , &
qu'on ne peut dédaigner , sans pécher
contre le bel usage & contre le bon goût.

Ses freres venoient fréquemment la visiter, & ils s'en retournoient toujours avec

quelques nouveaux tours de phrase, & quelques nouveaux termes qu'ils avoient appris au milieu du cercle où leur sœur brilloit. Avantage sans doute pour des Cavaliers qui n'avoient pas le tems d'étudier, & qui devoient se faire admirer dans tous les endroits où ils paroissoient !

Quant au pere, il s'aplaudissoit à la vue de tous ces succès, mais ses desirs n'étoient point encore entiérement satisfaits. Telle est l'ambition. Il lui reste toujours quelque chose à desirer. Il crut devoir étendre sa sollicitude jusques chez les nations étrangeres. Ce n'est pas qu'il connût les différens Pays, mais les échantillons qu'il envoyoit dans Paris, lui persuaderent que tout ce qui n'étoit pas François, avoit grand besoin d'être maniéré. En cela il ne se trompoit pas.

En effet, les Italiens sans propreté, comme sans gentillesse, ignoroient absolument l'art du sçavoir vivre ; les Allemands, trop épais, n'avoient pu jusqu'alors prendre cette élégance, qui caractérise l'homme bien né ; ils croyoient devoir plaire, en ne parlant que d'armoiries & de quartiers, de titres & d'alliances. Les Anglois, atrabilaires & mornes, mettoient leur gloire à méprifer le reste
des

des hommes, & à vivre dans une défiance
& dans une réserve qui leur donnoient les
manieres les plus gênées, & l'air le plus
guindé ; les Hollandois affectoient de paffer pour groffiers & pour originaux, &
ils ne faifoient confifter l'agrément de la
fociété que dans l'ufage de fumer ; les
Ruffes, quoique réformés par Pierre le
Grand, & les Sarmathes par Jean Sobieski,
ne connoiffoient ni le goût, ni la délicateffe, & languiffoient fous le faix de
leur grandeur ; les Danois, & les Suédois
cherchoient à favourer les douceurs de la
vie, mais ils ignoroient les moyens qu'il
falloit employer ; les Efpagnols & les Por-
tugais aimoient mieux végéter, que d'em-
prunter des autres Nations une agréable
façon d'exifter.

Comment venir à bout de changer ces
mœurs ? Comment faire entendre le langage du goût & de la civilité à des Peuples, dont les uns barbares & les autres
grotefques, paroiffoient incapables d'éducation ? C'étoit ici le chef-d'œuvre du Marquis ; & il faut avouer qu'on attendoit
cette révolution pour couronner fes fuccès.

Que fera-t-il dans cette circonftance ?
Compofera-t-il un livre fur le fçavoir vi-

G

vre qui circulera chez toutes les Nations ?
Mais peut-on même affurer qu'il fera lu ?
Ira-t-il lui-même en perfonne prêcher les
modes, & les infinuer ? Mais n'a-t-il pas
à craindre que fon abfence ne nuife à fon
propre Pays, & que la France, qu'il vient
de maniérer, ne retombe dans fon en-
gourdiffement ? Il n'y avoit pas d'autre
moyen que celui d'envoyer un de fes fils,
& il le met en ufage. Les grandes ames
faififfent toujours le vrai. Bientôt fon aîné
eft arraché à la Cour dont il faifoit les
délices, & il part pour vifiter les Nations,
& les refondre. Il eft décidé, & ce font
des décifions réfléchies, que fon exemple
convertira, & qu'en matiere de modes,
rien n'eft plus éloquent que des manieres
& des habits de goût.

On travaille en conféquence à toute
force, & on emploie deux ans à préparer les équipages qui devoient tranfpor-
ter le réformateur de l'Europe entiere ; on
dore, on verniffe, on veloute les caiffes,
& on garnis les velours de franges, de
crêpines & de graines d'épinars ; on fa-
brique une dormeufe pour courir la pofte
entre deux draps, & l'on y place des po-
ches & des tiroirs propres à contenir le
plus élégant deshabillé. On affemble les

Tailleurs les plus élégans, & on les met
tout en œuvre ; on cherche les parfums
les plus exquis , les rubans les plus dif-
tingués , les bourfes les mieux imaginées,
les bijoux les plus merveilleux , les dentelles les plus magnifiques , & on en fait
des magafins. En un mot , tout fut difpo-
fé avec un art extrême , avec une pré-
voyance inconcevable , afin d'attirer les regards de tous les Etrangers.

On voulut avoir les Poftillons les plus
leftes , & on les eut ; on chercha les valets de chambre & les laquais les plus in-
folens & les mieux faits , & on les trouva ; on donna des modèles de chapeaux ,
de coûteaux de chaffe , de ceinturons , &
on les exécuta ; & lorfqu'on étoit prêt à
monter en équipage, le Marquis & la Marquife embrafferent leur fils , & lui dirent
avec toute la dignité poffible les paroles
fuivantes :

*Il n'y aura pas une gloire comparable à
la vôtre , fi vous réuffiffez ; mais il faut
épier les momens , & ne rien brufquer. Ne
méprifez extérieurement perfonne , d'autant
mieux qu'on accufe les François d'être mé-
prifans. Etalez avec élégance & légereté vos
habits , vos manieres & vos airs ; faites fentir qu'on ne peut être aimable , qu'autant*

qu'on vous admire, & qu'on vous imite.
Inftruifez tout le monde, en paroiffant vouloir vous inftruire. Louez avec adreffe les
modes de l'Étranger, pour mieux faire valoir les nôtres. Soyez difcret fur le fujet de
votre voyage, & ne manquez pas de nous
informer de tous les événemens. Ce que vous
avez fait jufqu'ici à la Ville & à la Cour,
nous eft un sûr garant de ce que vous ferez dans les Pays éloignés. Le courage eft
un grand maître, & heureufement vous en
avez. Defcartes s'expatria pour enfeigner
des fyftêmes, & vous vous expatriez pour
apprendre à vivre, & à jouir de la vie ;
l'un eft fans doute bien plus noble & plus
utile que l'autre.

Ménagez votre fanté, puifqu'elle doit être
fi glorieufement employée. Nous continue-
rons de notre côté à entretenir le bon goût
que nous avons infpiré. Nous vous difons
adieu d'un œil fec, parce que cet adieu doit
être le principe de grandes chofes. Souve-
nez-vous que vous êtes notre fils, & nous
fommes tranquilles.

Ne doutez pas, repliqua le Comte, que
je ne mette tout en ufage pour répondre à
vos foins, à vos dépenfes & à vos defirs.
L'amour des modes a tellement enflammé mon
cœur, que je crois qu'il vaudroit mieux mou-

ris que n'être pas maniéré. Je ferai en garde
contre moi-même, & je me défierai de la
vivacité Françoise, afin de ne rien brufquer.
Quand je verrai la moindre lueur d'efpérance, j'attendrai ; quand je verrai une ré-
pugnance marquée, une incompatibilité in-
furmontable, je me retirerai.

Je vous fupplie d'être attentif à m'envoyer tout ce qu'il y aura de nouveau. Il
ne faut fouvent qu'un colifichet pour perfuader une femme opiniâtre, & les femmes,
là, comme ici, donnent le ton fur tout,
lorfqu'elles font jolies. Je ne manquerai
point de leur faire ma cour, & pour peu
qu'elles me trouvent aimable, ma parure
leur plaira. Je vous fouhaite une continua-
tion de parfaite fanté, & je ne me confole
de notre féparation, que dans l'efpérance de
vous rejoindre avec des victoires que j'aurai à vous raconter.

Ce difcours fini, il partit, & heureufement ce départ arriva au moment même qu'il pleuvoit, qu'il éclairoit, qu'il
tonnoit ; & les fouets qui claquoient, les
valets qui crioient, annonçoient la marche la plus importante & la plus pom-
peufe, tandis que le Marquis & fa femme écoutoient tout ce brillant fracas avec
un plaifir qu'on ne peut exprimer.

Bientôt on eut atteint les frontieres &
traverfé les Alpes, ces montagnes que l'or
vient à bout d'applanir. On entra folem-
nellement dans Turin, où les habitans in-
génienx & dociles voulurent bien fufpen-
dre leurs jeux de hafards, auxquels ils
étoient fortement appliqués, pour accueil-
lir l'aimable Etranger, que fa réputation
avoit précédé. Ils l'admirerent, & il leur
apprit à s'habiller avec goût, à mieux
parler François, & à être moins graves
& moins diffimulés.

Milan ouvrit fes portes avec allégreffe,
quoiqu'au milieu de la nuit, & ne tarda
point à goûter les charmes & la converf-
fation du Comte, &, pour le lui prouver, elle ofa, en dépit de toute la ru-
brique Italienne, donner des repas, en
un mot, feftiner.

Genes la fuperbe parut plier, & prendre un ton & des airs plus conformes
à l'efprit de fociété ; on commença à y
rire pour la premiere fois ; mais le deuil
étant le fymbole éternel de cette Répu-
blique, on ne put y introduire de nouvelles modes, que dans la maniere de
fe frifer, de fe préfenter, & de converfer.
Les Genois convinrent, & c'étoit beaucoup, que les façons du Comte avoient un

je ne fçais quoi de fi gracieux & de fi
engageant qu'on n'y pouvoit réfifter. Ils
le louerent, & même ils le regretterent.

Lucques prit à fon afpect le ton des gra-
des Villes ; on y vit deux équipages, &
un habit brodé. Cependant le Comte
n'avois encore rien infinué ; mais les Luc-
quois, qui font les Normands d'Italie,
devinrent le fujet de fon voyage, & tâ-
cherent en conféquence de fe franchifer.
Les Dames defiroient avoir des échantillons de toutes les nouvelles modes, & il n'y
eut que la modicité des revenus de la Répu-
blique qui fut un obftacle à ces dépenfes.
Modene confentit à faire venir de Paris
un Maître de danfe & un Pâtiffier.

La *Tofcane*, le berceau des Sciences
& des Arts, applaudit à l'élégance de l'aimable François, & elle ne fit pas difficulté de copier fes habits. *Florence* apprit
à connoître les vapeurs, & à s'en fervir
à propos ; *Pife*, à étaler fes cheveux, & à
les poudrer ; & *Sienne* à parler gras.

Rome fe révolta d'abord contre un perfonnage qui fembloit avoir deffein de lui
donner le ton; mais les Dames, laffes d'une
gravité qui les fuffoquoit, perfuaderent à
leurs *Sigisbés* que ce ton étoit le plus com-
mode & le plus agréable, & quelques

Princes en conséquence prirent des dentelles, poudrerent leurs cheveux, affecterent un air semillant, parlerent avec
moins d'emphase, & permirent à leurs
maîtresses de sortir. Les Cardinaux mêmes
devinrent moins cérémonieux & plus dégagés. On les vit fréquemment, & ils tinrent des assemblées.

Naples ne put se dépouiller de ses façons vulgaires, de son accent grossier, de
son langage trivial ; mais elle fit faire des
carosses à l'imitation de ceux du Comte,
des livrées semblables à celles de ses gens,
& quelques jolis cabriolets.

Venise, comme une Ville où l'on est
presque toujours masqué, & où l'on n'aime
que la liberté, n'eut rien à imiter. Aussi
le Comte se borna-t-il à se faire des maîtresses, & il y réussit. Les Vénitiennes ja-
louses de connoître un Etranger, & de le
fêter, soupirerent de ne pouvoir prendre
les mondes & les couleurs qui brilloient
dans Paris ; & pour s'en dédommager,
elles le prirent tout entier, comme un
homme propre à leurs amusemens.

Le pere fut informé de ces circonstances par cette Lettre de son fils. Elle est
écrite de Trente.

Monsieur,

Enfin la métamorphose a lieu jusqu'à un certain point. On m'imite en me critiquant ; déjà l'Italie n'est pas reconnoissable, & ceux qui ne veulent ni vivre, ni se comporter à la Françoise, sçavent du moins comment on vit en France. Le tems est un grand maître, & il achevera ce que je viens d'ébaucher. J'ai vu Genes, Florence, Rome, & Naples, ces Villes orgueilleuses, me demander des conseils en fait de modes & d'usages, & je leur en ai donné qu'elles ont cru devoir suivre.

On veille à Turin, on soupe à Milan, on rit à Genes, on danse à Modene, on se poudre à Rome, on se frise à Naples ; les femmes commencent à se faire voir dans toute l'Italie, & les maris n'observent plus leurs épouses.

Si j'avois voulu m'établir dans ce Pays, je serois très-avantageusement marié ; mais je ne veux contracter d'engagement que de votre choix, & sous vos yeux ; d'ailleurs c'est, selon moi, un péché originel de n'être pas né Parisien.

Je vous prie de me faire tenir inceſſam-
ment cinquante poupées, habillées ſelon le
dernier goût, afin de les diſtribuer dans
toutes les Villes où j'ai paſſé. Les premieres femmes de chaque endroit, Princeſſes
& autres, attendent ces échantillons qui
leur ſerviront de modèles.

Ne vous imaginez cependant pas, malgré les changemens que j'ai opéré, qu'un
Italien vaut maintenant un François. Nous
ſerons toujours les aînés de tous les Eu-
ropéens en fait d'élégance & de goût. Les
Etrangers ont une defectuoſité radicale que
tout l'art ne peut extirper; & je crois même que quand on les enverroit à Paris dès
l'âge de ſix ans, ils ne prendroient jamais
ce ton & cette légéreté qui nous ſont na-
turels. Auſſi eſt-ce un bonheur ineſtimable
d'être né en France, & ſur tout à Paris où
l'air même donne des graces & des agrémens.

Je voulois engager Meſſieurs les Italiens
à faire éclairer leurs villes, & tout au moins
les eſcaliers de leurs vaſtes Palais, à avoir
des tables plus élégamment ſervies, des gens
plus leſtes & plus propres; mais il n'y a pas
eu moyen. Il en eſt des hommes comme des
plantes qui ſe reſſentent toujours du terroir.

Je paſſe en Allemagne, mais puis-je eſ-
pérer d'y réuſſir. N'importe, je ne perds

point courage, & j'oferai tout tenter. Vous en ferez le premier instruit, comme celui qui doit l'être à tous égards. J'ai l'honneur d'être, &c.

Je n'écris point à Madame, persuadé que vous lui communiquerez cette lettre. Je l'affure de mon respect, & mes freres & fœurs de mon amitié. Je vous prie de faire mettre dans la Gazette de France mes féjours & mes préfentations dans les différentes Cours, cela donne un air d'importance qui en impofe étonnement au public.

Cette nouvelle auffi agréable ne tarda point à fe divulguer dans toutes les maifons du bon ton. Chacun admira le courage du cher Comte, & le combla d'éloges. On fe figura que Paris alloit s'étendre jufqu'en Sibérie, & qu'enfin l'Univers deviendroit Parifien; & après plufieurs pour parler fur cet important objet, on délibéra qu'il ne falloit pas manquer d'informer le Comte du progrès de toutes les modes, & de lui en envoyer des échantillons; ce qui s'exécuta.

L'Abbeffe voulut voir la lettre de fon frere, & tous les Couvens auffi-tôt en eurent des copies. Chaque Religieufe arrachoit des mains de fa Confœur l'Epitre pré-

cieufe, la lifoit en pleurant d'allégreffe, &
béniffoit le Ciel de ce qu'enfin une œuvre
qui n'avoit pour objet que le bien public,
n'étoit point traverfée par Satan. On vint
même à bout de perfuader à un gros Chapelain qui n'ofoit lire, crainte de trouver
le venin Janfenifte, que les Etrangers en
feroient plus liés avec la Nation, s'ils en
prenoient les manieres & les modes, qu'il
y auroit moins de jaloufie & moins de
guerre, & en conféquence il dit quelques
prieres à cette intention.

Pendant qu'on s'occupoit ainfi du Comte & de fes travaux, il traverfoit le Tyrol.
Il ne fit que jetter un coup d'œil fur Salz-
bourg, ne le jugeant pas digne d'être po-
licé, & il fe rendit à Munich; il y fut ac-
cueilli avec diftinction, & il admira la
magnificence des ameublemens de l'Elec-
teur, mais il ne trouva pas que l'élégance des habits y répondit. Il donna des deffeins propres à guider les Tailleurs dans
leur coupe, & après avoir endoctriné quelques femmes aimables fur l'article des modes, & leur avoir donné le nom des plus
célébres Marchands de Paris, il continua
fa route.

Vienne, qui le croiroit, fe livra avec une
efpece de fureur au plaifir de le copier. A

peine parut-il à l'affemblée, où felon la cou-
tume toute la premiere Nobleffe fe trouvoit
qu'on l'admira, qu'on l'entoura, qu'on le
complimenta, qu'on le queftionna. Il dut
dire & l'adreffe & le nom de fon Tailleur, & dès le lendemain les Ouvriers furent appellés, & on leur enjoignit dans
les termes les plus forts, de confidérer le
Gentilhomme François nouvellement arrivé, & de le prendre pour modèle dans
la maniere de coëffer, de vêtir & de
chauffer.

Les anciens Seigneurs efclaves des ru-
briques Efpagnoles, gémiffoient de cette
innovation, & croyoient déjà les Loix
de l'Empire renverfées ; mais les jeunes
gens l'emporterent, & *Vienne*, excepté un
air de folemnité qu'elle ne perdra jamais,
devinrent un diminutif de Paris. Les femmes y parurent également & richement
habillées, & elles firent des révérences
avec un peu moins de contrainte & de
hauteur.

Le Comte eût bien voulu abolir ces
diftinctions ridicules de premiere, fecon-
de & troifieme Nobleffe ; mais les *Excel-
lences* jetterent les hauts cris, & il fallut
laiffer les chofes fur l'ancien pied.

Il reftoit encore la Pologne & la Ruffie

à parcourir , & notre Héros eut le courage de l'entreprendre. Difons mieux , il
fut dans cette occafion le martyr des
modes , & de la volonté de fes parens;
car il dut, tout délicat & tout brillant qu'il
étoit , paffer plufieurs nuits dans des éta-
bles qu'on nomme cabarets , & y dormir
au milieu des animaux ; il dut faire des
journées prefqu'entieres fans trouver ni
eau , ni pain, paffer à travers des cloa-
ques décorées du titre de Villes , & où les
Habitans paroiffent moins des hommes que
des bêtes.

Cependant il ne fe rebuta pas , & il pé-
nétra jufqu'au cœur de ces triftes pays. Il
y trouva des Seigneurs qui ne connoiffoient de grandeur que celle d'avoir à leur
fuite des multitudes d'Efclaves , qui fembloient des Spectres , qui paffoient les jours
à fe profterner aux pieds les uns des autres , & à fe déchirer, & à boire à la fanté de tous leurs alliés & de tous leurs
ayeux ; qui rouloient dans des équipages
délabrés , & dans des rues où l'on rifquoit
de fe précipiter à chaque pas , qui n'a-
voient dans leurs maifons , décorées du
faftueux nom de Palais , ni chaifes , ni
cheminées ; qui étoient obligés de porter
leur couvert avec eux pour pouvoir dîner

dans les maifons où on les invitoit.

Quel coup d'œil, & combien de re-préfentations ne fallut-il pas employer, pour leur apprendre la maniere de vivre, & de jouir des commodités de la vie? Le Comte harangua, les Habitans du Nord aiment beaucoup les harangues , & enfin fon difcours énergique aboutit à faire donner des chemifes aux Valets, à abréger de trois heures le repas qui en duroient fix, à vivre avec moins de cérémonial,& à avoir des chaifes propres à s'affeoir.

C'étoit bien affez , & même beaucoup dans un tems où l'on menaçoit d'ôter la vie à quiconque oferoit parler de la moindre innovation , dans un tems où l'on murmuroit contre Pierre le Grand , parce qu'il avoit fait rafer des barbes , & prendre des habits raifonnables. Il eft vrai que fi le Comte eût été moins infinuant , il étoit perdu ; mais fes graces & fa douceur le préferverent de toute cataftrophe , & il n'eut que des altércations à effuyer. Je ne fçai comment il fit , mais il trouva moyen d'appeller à *Petersbourg* & à *Mofcou*, des marchandes de modes, & des Limonadieres qui s'enrichirent , & qui par la fuite devinrent des Dames de conféquence.

Il revint par la Suéde & par le Danne-

mark , où il laiffa des traces de fon bon
goût. Les Habitans lui parurent capables,
& curieux d'imiter , mais il falloit les dégager de bien des préjugés , dont l'extir-
pation exigeoit beaucoup de tems & d'affi-
duité. Le Comte étoit trop pénétrant pour
ne le pas fentir , & c'eft par cette raifon
qu'il fit venir dans ces pays une colonie de
Femmes de chambre , & de Cuifiniers.
Les Gouvernemens s'y prêterent. Il paffa
rapidement en Hollande , mais fans fruit.
Les Habitans fe contenterent de le fuivre
d'un œil fixe & ftupide,& de ne dire mot. Il
n'y eut que quelques jeunes Négocians à
Amfterdam qui fe baronniferent , & quelques Nobles à la Haye , qui remarquerent
fon ajuftement, & qui en donnerent la forme à leurs Tailleurs. On lui fit payer les in-
térêts de fa bonne mine , de fes manieres
& de fon cortége , dans tous les endroits
qu'il parcourut , & après avoir femé les
louis d'or ; il partit pour Londres dans un
magnifique yacht.

Quel fpectacle à fes yeux que cette ville
immenfe , où tout le monde affectoit un
air ruftique,& des façons anti Parifiennes,
où une populace infolente qualifioit de
chiens tous les François , où l'on n'appercevoit que des habits de pinchinat & de
gros

gros drap , que de larges cravattes nouées, que des perruques à bonnets , & des chauſ-ſures qui ſembloient moins des ſouliers que des ſandales.

Ici le cœur du Comte palpita , & ſon courage fut ſur le point de lui manquer ; mais ſe rappellant tout ce qu'il avoit fait , il reprit ſon ancienne ardeur , & il expoſa ſans détours aux Milords le ſujet de ſa miſſion. Les Anglois ſe piquent d'aimer la franchiſe.

Eſt-il poſſible , leur dit-il, ô généreux Seigneurs , que vous dont le goût pour les ſciences & les arts , eſt connu & admiré de tout l'univers , ſoyez auſſi indifférens ſur l'ar-ticle de la parure & des modes ? Pouvez-vous ignorer qu'on ne juge des hommes que par l'extérieur , & que des dehors engageans , & gracieux gagnent les eſprits , & ſéduiſent les cœurs ? La France ma patrie , qui vous eſtime & qui vous honore , paroît un mon-de nouveau , depuis que ma famille a répon-du ſur ſes habitans un air de gentilleſſe & d'élégance. Chaque étranger y accourt à deſ-ſein d'admirer & d'imiter.

Si l'on étoit ſcrupuleuſement aſſervi à ne s'habiller qu'à la maniere des anciens , on porteroient encore des mouſtaches, des fraiſes & des brodequins ; mais puiſque vous avez

H

cru, ainsi que les autres nations, pouvoir
vous dégager de cet accoutrement bizarre,
pourquoi feriez-vous difficulté de prendre des
façons, & des airs qui rendent l'homme sans
contredit, plus social & plus charmant?

Le monde ne se perfectionne que par dégrés,
& le reproche d'inconstance ne doit pas être
une raison qui empêche d'arriver au mieux.
La nature dont nous faisons partie, ne se
soutient que par la variété. Elle nous donne chaqu'année le spectacle de quatre saisons,
elle fait succéder la nuit au jour, & après
avoir couvert la terre de glaces & de fri-
mats, elle l'émaille des plus superbes fleurs.

Il n'y a point de pays où l'on apperçoi-
ve une jeunesse plus fraîche & plus brillante que dans celui-ci, & cette jeunesse toute
radieuse qu'elle est, se trouve offusquée, dé-
figurée par des habillemens sans goût, par
une manière de vivre, si j'ose m'exprimer
ainsi, tout-à-fait singulière & gothique.

Que l'industrie Angloise le dispute donc
dorénavant à l'industrie Françoise) elle est
même capable de la surpasser) & qu'on voie
désormais Londres, cette capitale de l'univers,
se parer, se parfumer, & donner le spectacle
du bon goût.

Ce discours fit l'impression que le Comte

en attendoit, ses éloges décidérent une nation qui aime à être flattée, & qui se croit
la premiere du monde. Ils donnerent dans
le piége que la flatterie leur tendoit, &
il fut décidé, malgré les cris de la populace, que les anciens conserveroient leurs
usages, mais que les jeunes gens prendroient de nouvelles manieres, & de nouveaux airs, qu'ils porteroient à certaines
heures & à certains jours des dentelles
& des plumets, qu'ils échangeroient leurs
cravates pour des cols, que leurs bras
& leurs pieds paroîtroient au moins se remuer lorsqu'ils marcheroient, & qu'ils
ouvriroient moins la bouche en parlant, &
qu'ils reconnoîtroient le lendemain une per-
sonne à laquelle ils avoient parlé la veille.

Le Comte à qui rien n'échappoit, in-
sista beaucoup sur ce mauvais ton de ta-
verne, & de tabagie si familier aux Anglois, & qu'il eût voulu supprimer. Mais
il n'y eut pas moyen, & pour ne pas tout
perdre il se contenta d'obtenir une partie
de ce qu'il desiroit.

Il visita tous les Lords & Milords, & il
s'apperçut avec plaisir lorsqu'il les quitta
qu'ils tâchoient de l'imiter.

On étoit fort impatient de sçavoir l'is-
sue d'une pareille démarche lorsque le

Comte arriva. Il forma quelques difciples
en paffant par la Flandre, & fur-tout à
Bruxelles, où les Flamands commencerent par égayer leur gros bon fens. A peine fut-il arrivé qu'il s'apperçut avec joie
que fes compatriotes étoient plus fana-
tiques que jamais des manieres & des
modes, & prefque tous occupés à imaginer des tabatieres, & des épées d'un
goût fingulier. Il leur raconta fes fuccès,
& ils ne douterent plus que Paris ne
donnât inceffamment le ton à toutes les
nations. Il ne faut pas douter des tranf-
ports avec lefquels fes parens l'embrafferent. Le Marquis chanta, la Marquife pleu-
ra, fes freres le féliciterent, fes fœurs l'admirerent, chacun voulut le voir, & les
Religieufes mêmes interrompirent leur office pour fe procurer cette fatisfaction. A
peine la mere fainte Cunegonde eût-elle an-
noncé à l'Abbeffe qu'il étoit au grand parloir, que converfes, poftulantes, novices &
profeffes, tout fortit du Chœur en tumulte
& en défordre. Les unes regardoient à travers des fentes, les autres par la ferrure,
& les vieilles eurent le courage de demeurer une heure & demie aux fenêtres les
lunettes fur le nez, pour avoir la confolation de le voir paffer. C'eft bien lui-même,

difoit celle-ci ; qu'il eft beau, difoit celle-là :
Il eft vrai que fes voyages fembloient lui
avoir donné un nouvel éclat. Il avoit eu foin
de prendre un de ces cordons qui font fi
communs en Allemagne , & qu'on admire
tant à Paris. Il fçavoit que les François s'é-
merveillent à l'afpect du moindre ruban ,
rouge ou bleu , qui paroît fous un habit, &
il s'étoit fait recevoir en conféquence Che-
valier de l'Ordre de S. Hubert ; car celui
de Cologne n'étoit pas encore imaginé.

Après trois mois de féjour dans Paris ,
dont il fit les délices & l'admiration , il
fe rendit en Efpagne , & en Pottugal ,
afin de terminer fes voyages. Il arriva à
Madrid où on le regarda d'abord comme
un fou. Mais quelques Jéfuites qui domi-
noient alors dans ces Cours , comme dans
prefque toutes celles de l'Europe , & qui
furent les Banquiers auxquels il s'étoit adref-
fé, le préconiferent , & l'introduirent chez
quelques Dames qu'ils dirigeoient. Bientôt ces Efpagnoles le goûterent, & préfére-
rent fa converfation à celle de leurs maris , & même de leurs amans. Il leur apprit en cachette le moyen de fe blanchir
la peau , elles en avoient befoin.

On l'invita fouvent à prendre le cho-
colat ; on finit par l'affurer que fi les mo-

des d'Espagne venoient jamais à changer,
on prendroit celles de France, & on lui
dit adieu en baisant les mains, & en les
arrosant de pleurs. Il y eut cependant trois
Grands d'Espagne qui profiterent de son sé-
jour, pour apprendre à faire des révérences avec grace.

Lisbonne, comme une Ville florissante
par son commerce, & où les Etrangers
abondent de toutes parts, fut plus traita-
ble. On y avoit déjà une idée des modes,
& l'on avoit lu avec une espece de plaisir dans les papiers publics, tout ce que
la femille du Comte avoit opéré en faveur du bon goût. On lui demanda la per-
mission d'examiner sa garde-robe, & d'in-
terroger ses gens sur leur maniere de servir. Il se prêta de la meilleure grace du
monde à tout ce qu'on voulut, & il s'en
revint couvert de lauriers. On lui conseil-
loit de passer en Suisse, mais il présuma
qu'on n'y étoit pas encore susceptible des
agrémens qu'ils'efforçoit de communiquer.

L'Abbé, frere du Comte, fut tenté d'entreprendre le même voyage pour maniér-
rer à son tour le Clergé d'Allemagne &
d'Italie, mais on lui représenta que des
Cardinaux la plûpart septuagénaires ne de-
viendroient surement pas poupins, & qu'ils

ne connoiſſoient d'autre plaiſir que celui
de ſe repaître du titre d'Eminence , & de
paroître ſousune couleur diſtinguée du reſte
des Lévites ; que par rapport aux Abbés
Allemands , ils ne changeroient abſolu-
ment rien à leur ancienne étiquette, & que
quelque choſe qu'on fît, ils conſerveroient
leur ennuyeuſe & ſuperbe gravité. Ainſi
ce projet s'évanouit , & l'on ne s'occu-
pa plus que de la France dont le goût ſe
raffinoit de plus en plus.

Les petits-Maîtres vinrent en corps, car
ils formoient déjà un Ordre dans l'Etat ,
complimenter le Comte de *Florimene* , &
les petites maîtreſſes ſe chargerent de le marier Elles réuſſirent au mieux. Jamais choix
ne fut fait avec plus de juſteſſe. On prit
la quinteſſence même des graces pour s'u-
nir à celui qui avoit travaillé ſi glorieuſe-
ment à leur triomphe. Les freres du Comte , le Préſident & l'Officier ſuivirent ſon
exemple ; & de ces mariages brillans nâquirent ces générations de gens aimables
& délicieux que nous ne ceſſons d'admirer.

Rien au monde ne fut ſi magnifique &
ſi élégant que ces diverſes nôces. Tout y
reſpiroit le goût le plus exquis , tout y annonçoit la délicateſſe la plus voluptueuſe
& la plus recherchée. Les bals , les jeux ,

les illuminations , les repas fe fuccéderent fans interruption , l'éclat des habits le dif-putoit à celui des pierreries , & les modes ne fembloient avoir été imaginées que pour embellir ces fêtes & les immortalifer.

Tout Paris prit part à ces divertiffemens , que les Gazetiers eurent bien foin d'annoncer , comme un morceau qui donnoit du relief à leurs feuilles , & qui devoit être le principe de mille chofes merveilleufes.

En effet , on vit depuis ces alliances des métamorphofes auffi brillantes que rapides. On vit un luxe immodéré , fe répandre fur toutes les conditions & confondre tous les états. L'Ouvrier s'habilla auffi élégamment que le Bourgeois ; le Gentilhomme auffi magnifiquement que le Prince. La Bailli-ve & la Procureufe du Roi jouerent les Préfidentes , & les Marquifes firent les Ducheffes.

On voulut des appartemens d'hiver & d'été , & les Abbeffes mêmes fe procure-rent cette faftueufe commodité. Les tapis , qui jufqu'alors n'avoient couvert que les marche pied des Trônes & des Autels, fer-virent de parquet jufques chez les demi-Financiers , & ces tapis coûterent fouvent jufqu'à vingt & trente mille livres.

Les

Les tables firent époque ; on cita celle
d'un Fermier-général comme un trait d'his-
toire ; & le simple récit d'un seul repas
fut la matiere d'une longue conversation.

La fayance disparut , & il ne fut plus
possible de manger que sur la porcelaine &
sur l'argent.

On trouva qu'il étoit trop bourgeois de
dîner & de souper , & l'on changea cette
méthode. Les Magistrats dînerent , les Seigneurs & les Traitans souperent ; & cela
fut sçu comme leur demeure , & comme
leur nom.

Les hommes eurent des toilettes , porterent des vestes garnies de blondes , des
manchettes à trois rangs , des boucles d'o-
reilles , & daignerent se farder.

Les femmes se couvrirent de pierreries,
& furent aussi délicates sur la monture des
diamans que sur le choix. Elles donnerent
la vogue à des Bijoutiers , & tout ce qui ne
sortoit point de leurs boutiques n'étoit pas
digne d'être regardé.

Il y eut des montres , des tabatieres &
des épées d'hiver & d'été , & l'on afficha
de toutes parts la singularité , comme le
chef-d'œuvre de la beauté.

On suivit un homme à la trace de ses
odeurs, & l'on apperçut dans tous les coins

I

de Paris des boutiques de Parfumeurs; mais celui qui vendit plus chérement fut le seul renommé.

On ne connut plus que la toile de Hollande propre à faire des mouchoirs, & il n'y eut plus que les Banquiers, les Négocians & les Commis, qui oserent se servir des Masulipatan & des Paliacate, & on les connut à cette marque.

Les Campagnes se dépeuplerent pour entretenir les Manufactures, & chaque saison vit éclorre de nouvelles étoffes, à dessein de renouveller les habits & de former des ameublemens. Les lustrines & les velours d'une année furent antiques, comme s'ils avoient un siecle, & la bienséance ne permit pas de les porter.

On s'imagina ne pouvoir avancer dans un Equipage, s'il n'étoit superbement verniffé, & les Abbés commencerent les premiers à faire peindre sur leurs carroffes les Déeffes de la Fable, environnés de guirlandes de fleurs.

Les vis-à-vis, les désobligeantes, les culs de singe, les diables, les cabriolets annoncerent le goût de la nouveauté & un génie inventeur, & il fallut sçavoir tous les refforts & toutes les parties qui les compofent, pour être homme du bon ton, & faire foi-même la fonction de Cocher pour avoir l'air Seigneur.

On dépensa des sommes énormes en colifichets ; les brelques devinrent un meuble absolument nécessaire, & il fut d'usage d'avoir deux montres & la moitié d'un chapeau.

La frisure suivit la mobilité des têtes, & il y en eut autant de sortes qu'il y a d'opinions. On passa la plus belle partie du jour entre les mains des Perruquiers, & tous les soirs chez une Messaline affichée.

La femme du bel air ne connut presque pas son mari, & ils prirent l'un & l'autre toutes les précautions pour ne pas se rencontrer.

On courut à la toilette des femmes comme au théâtre, & des petits-maîtres, des filles de-chambre, des chiens & un abbé en firent la décoration.

Les femmes ne rougirent plus qu'au pinceau, & leur visage le disputa à l'écarlate des Gobelins.

Les laquais se multiplierent par douzaines & formerent un état, les uns eurent toute la confiance de leur Maître, & les autres toute celle de leur Maîtresse. Ils eurent la montre d'or, des habits de goût; & on les vit fiers & insolens à proportion des

Seigneurs qu'ils paroiſſoient ſervir.

La Province prit les modes & les airs de la Capitale, & juſques dans les plus petites villes, les femmes furent coquettes, & firent les ſçavantes.

La nobleſſe mépriſa la roture ; & la roture pour s'en venger ſe partagea en différentes claſſes de bourgeoiſie, qui ſe mépriſérent mutuellement.

Mais tout ceci n'étoit encore que le prélude des brillantes métamorphoſes qui devoient arriver ; & combien n'en vit-on pas en tout genre !

Les Académies rejetterent cette éloquence mâle & ſimple, qui avoit fait juſqu'alors leur mérite, leur ornement, & elles ne compoſerent plus que des diſcours à filagramme, où la proſe reſſembloit à la poéſie, & où la gentilleſſe des phraſes tenoit lieu de juſteſſe & de raiſon.

On perdit les routes battues, & l'on ſe jetta à travers des ſentiers qu'on s'ouvrit, & qu'on ſema de fleurs de toute eſpece.

L'imagination ſupléa au ſçavoir, & les antithéſes, les épigrammes, les ſaillies devinrent tellement à la mode, qu'on ne parla plus, qu'on n'écrivit plus qu'en tamiſant les paroles & les penſées.

Il n'en fallut pas davantage pour faire

tomber les anciens livres , & pour engen-
drer une multitude d'Ecrivains , auſſi futi-
les que brillans.

Les uns ſe rendirent célébres en ſe ren-
dant inintelligibles , & plus il fut difficile
de les deviner , plus ils méritent d'éloges ;
les autres entaſſerent paradoxes ſur paradoxes , & parlerent comme on rêve.

La ſcience & l'érudition diſparurent , &
le bel eſprit prit la place de l'expérience &
de la raiſon. Chacun prétendit à la gloire
d'inſtruire l'Univers , ou de l'amuſer , & il
y eut preſque autant d'auteurs que d'igno-
rans.

On ſe diſpenſa d'étudier les Anciens &
de puiſer dans leurs ouvrages , des faits ,
des ſentences & des axiomes ; & lorſqu'on
avança des choſes extraordinaires , ou plutôt extravagantes , on mérita le nom de
créateur & de *génie*.

Il n'y eut plus que quelques Moines &
quelques Profeſſeurs d'Univerſités, qui eurent le courage de donner des Diſſerta-
tions , & des *in-folio* , & un livre qui ex-
céda le nombre de 400 pages , & qui ne
fut pas *in-douze* , ou tout au moins *in-octa-
vo* , pécha contre les régles du goût & de
la ſociété.

Des Dictionnaires & des Extraits for-

merent la Bibliothéque des beaux esprits,
& l'on fit des collections de brochures,
comme on en fit de tableaux ; chaque jour
en vit naître & mourir, & celles qui réuf-
firent ne continrent que des sophifmes &
de grands mots.

On ne vit que des projets, soit pour la réformation des finances, soit pour celles du
monde entier, & il n'y eut pas jusqu'aux
vers à soie dont on traça des plans *d'éducation*. Chacun dans des ouvrages d'un
ftyle impérieux & tranchant, ofa donner
des leçons aux Miniftres & même aux Sou-
verains, chacun voulut leur apprendre
comment il falloit impofer les taxes & les
lever ; chacun vint nous montrer, après
fix mille ans d'exercice, la maniere de la-
bourer la terre & de l'enfemencer.

Les théâtres devinrent l'école de la jeu-
nefle ; on ne parla plus dans les cercles
que d'opéra comiques, & les Auteurs de
ces pieces toutes fémillantes, furent quelquefois des Abbés. Ils y mirent force équi-
voques. On aime à fe copier. L'entretien
des Actrices entra dans le plan des dépenfes du Seigneur, & même du Financier.
Il fallut les brillanter & les parer de maniere que tout le public en fut informé.

Le langage changea, & la langue fran-

çoife de 1700 ne fut plus celle de 1760.
Mille mots nouveaux fervirent à caractéri-
fer les puriftes. Les femmes fur-tout ex-
cellerent dans cette partie. On les crut
pleines de fcience & d'efprit, parce qu'elles difoient de jolies phrafes.

Un ouvrage françois eut fouvent befoin
d'être traduit en françois pour pouvoir être
entendu. Le grand goût confifta à dire des
chofes alambiquées & des mots inconnus.
On dit d'un Poëte paffionné qu'il avoit un
ftyle brûlant, d'un Auteur véhément *qu'il*
rouloit avec fracas le torrent de fes penfées,
d'un homme enjoué, *qu'il étoit délicieux*,
& ces expreffions parurent merveilleufes.

Le perfiflage heureufement imaginé, fut
un mot heureux, il fit fortune ainfi que les
termes de *légiftation & de génie* qu'on ne
ceffe d'employer ; & il ne fut plus queftion que de perfiflage & de perfifleurs. On
perfifla les hommes du bon fens, on perfifla les femmes modeftes, on perfifla ceux
qui croyoient en Dieu.

Les vertus le céderent aux graces, &
l'on fut digne de la meilleure fociété lorfqu'on fçut jouer & plaire. On aima mieux
avoir des vices que des ridicules, & paffer
pour bel efprit, que pour homme de pro-
bité.

I 4

Les penfées les plus fophiftiques & les plus héterodoxes ; paflerent à l'aide d'une agréable poéfie , & d'une profe cadencée ; & il fut permis de blafphêmer pourvu qu'on le fit avec gentilleffe.

La Religion , comme trop ancienne & trop auftere, dut céder aux charmes du plaifir & de la nouveauté. Le fiecle commença par en frémir, mais pour l'apprivoifer avec l'impiété on le nomma le fiecle philofophique , & fier de cette dénomination il devint l'époque de l'incrédulité.

Des hommes de vingt-cinq ans, élevés à l'école de la molleffe & de la volupté , fe déclarerent philofophes , & on les crut fur leur parole. Ils prêcherent le matérialifme à pleine voix , & fecondés de jolie femmes qu'il ne leur fut pas difficile de gagner, de quelques Poëtes & de quelques Géométres qui vouloient fe diftinguer du vulgaire ils vinrent à bout donner le ton , & d'être les arbitres du mérite & de la réputation. On *raffola* de quelques brochures qu'ils firent imprimer , & ils eurent le privilége exclufif d'être admirés.

Tout Ecrivain qui ofa revendiquer & droits de la Religion fut déclaré *imbécile* les *cagot.* On lui prêta des vices s'il n'en avoit pas , afin de lui ravir l'eftime même des

gens de bien , & on plaignit d'un ton ironi-
que , les perfonnes qui lifoient fes écrits.

Rien ne fut plus ordinaire que de voir
en même auteur avoir deux réputations.
Celui que les hommes de bon fens admirerent , devint l'objet des railleries des
beaux efprits.

On fit un théâtre de la chaire , & il ne
réfulta de la plûpart des Sermons que des
geftes & des mots.

On tua les hommes différemment qu'on
ne les tuoit autrefois , afin d'avoir le plaifir de varier leur genre de mort. Le mer-
cure prit la place de l'antimoine , & la fi-
guë même devint un remede à la mode.

Il n'y eut jamais moins de Métaphyfique & plus de Métaphyficiens. Chacun
s'érigea en fectateur de Locke , & préfque
perfonne ne le connut.

Le bel efprit fut affiché de même que
la comédie du jour , & l'on fçut où devoient fouper ceux qui brilloient par leurs
bons mots.

Les hommes les plus médiocres cher-
cherent à fe faire un nom , & pour y réuffir infailliblement, leur coup d'eftai fut quelque libelle contre les mœurs & contre la
Religion.

Les brochures fe multiplierent à l'excès,

& tout jufqu'à C.... fe mit en ouvrage , & fut lu.

Le nom de certains Auteurs fut le paffe-port de leurs ouvrages : des inepties , qui de la part de tout autre auroient excité la pitié, devinrent fous leur plume des chefs-d'œuvres de goût & de bonne plaifante-rie , & l'on ne fut pas digne de parler , fi l'on ne fçavoit pas les admirer.

Ce ne fut pas une petite confolation pour le Marquis & pour tous les fiens , de lire par la fuite une lettre imprimée que je crois devoir inférer ici , & qui peint tout à la fois la Comteffe Italienne qui l'é-crit & les François dont elle parle. Il y re-connut qu'enfin le Papillotage étoit parve. nu à un dégré éminent , & qu'il donnoit le ton à tous les âges & à toutes les con-ditions.

Lettre de la Comteffe *Calorini* a fa fœur.

Quelle agréable Ville que Paris ! quelle fémillante nation ! j'ai peine à me perfua-der la réalité des chofes que je vois & j'en-tends. Toujours des étonnemens ! toujours des nouveautés ! la perfonne du matin ne reffemble nullement à celle de l'après-dînés en caractere comme en parure , en efprit com-me en maintien. La moindre bagatelle fe métamorphofe en affaire, le moindre événement en nouvelle, la plus petite nouvelle fait époque.

Que d'efprit répandu dans cette ville ! Mais c'eft une forte d'efprit que nous ne connoiffons ni vous ni moi, dont tous les autres peuples n'ont nulle idée, & qui confifte à dire les chofes les plus fingulieres, & à s'en amufer ; à imaginer mille modes qui fe contredifent, & à les effayer ; à créer des expreffions, & à les accréditer ; à prendre toutes fortes de figures & de tons, & à en tirer vanité.

On ne fe donne point ici la peine de penfer, & ceux qui ofent le faire, en font bien punis. Il n'y a point d'inepties que leur cerveau ne produife, & que la démangeaifon d'écrire ne mette au jour. Chaque heure voit fortir quelque nouvel ouvrage, & ce font prefque toujours de grandes phrafes fur la législation, fur la population, & fur la Religion qu'on aime à combattre & à traveftir.

Rien ne paroît auffi délicieux que la liberté de penfer, & ils la font confifter à débiter tout ce qu'ils ont rêvé, de forte que la plûpart de leurs livres ne contiennent que leurs fonges.

Il n'y a point ici d'Auteur qu'on loue,

& qu'on admire unanimement. La moitié de
la nation raffole d'un ouvrage (c'est le terme à la mode) dont l'autre moitié se mocque.

Je me fis apporter ces jours derniers une partie des brochures courantes , car il seroit im-
possible de pouvoir toutes les recueillir. Les titres seuls seroient la matiere de plusieurs Comédies. On n'y trouve que des répétitions
éternelles sur le matérialisme qu'on ne cesse de
préconiser , que des invectives contre les Prêtres & les Moines, & des projets sur l'amélio-
ration des terres & des finances. Notre Mont-
Vesuve fermente moins qu'une tête françoise.

Les sentimens varient ici comme les modes. On fait un ami tous les mois, & tous
les huit jours une maîtresse.

Il me semble que les François , quoique
familiers, sont très fiers. Ils se communi-
quent moins par bonté que par curiosité. On
m'accable de questions , & l'on me fait , le
plus spirituellement du monde ; les plus ab-
surdes interrogations. Il s'en faut bien que
leur sçavoir réponde à leur esprit ; ils ne se
donnent ni la patience d'apprendre , ni celle
de réfléchir. On me demande si Lucques n'ap-
partient pas au Pape , si l'Eglise de Saint
Pierre de Rome est aussi grande que Saint
Sulpice de Paris , si l'on connoît les cartes
en Italie.

J'ai dû dire, à tous ceux que j'ai vu, mon nom, ma demeure, mes qualités, d'où je venois, où j'allois, & presqu'où je mourrois. Pour peu qu'on soit reservé, on passe pour avanturier, & cette méfiance est poussée si loin, que le François même qui voyage en France est souvent suspect. On croit toujours tout le contraire de ce qu'il dit.

Les femmes parlent tout le jour sans rien dire, c'est ce qu'on appelle avoir beaucoup d'esprit. Elles sont agréables, si les caprices donnent de l'agrément. Elles font des parties de s'évanouir, comme on fait une partie de reversi, & elles interrompent souvent de grands éclats de rire, pour se plaindre d'un mal qu'elles croient sentir.

Il n'y a pas un pays où l'on dise & fasse si joliment des riens. On ne voit de toutes parts que des colifichets, dont la délicatesse & l'élégance caractérisent le goût de la nation. Colifichets sur les cheminées, colifichets sur les habits, colifichets dans les manieres.

Je ne sçais comment me faire habiller pour être à la mode du pays. Pour peu que ma couturiere soit lente, la mode sera déjà passée, & ma robe conséquemment hors de saison. Les hommes en sont aujourd'hui aux cravates de taffetas blanc, garnies de blondes, & demain sans doute ils auront des cols amaranthes & couleur de feu.

C'est une rotation continuelle, un flux & reflux perpétuel que celui des modes. La légéreté des esprits se lit sur tous les meubles, & sur tous les ajustemens. Il y a des hommes & des femmes qui n'ont pas d'autre état que celui d'imaginer des moyens de raffiner le goût & la volupté. Et ces sortes de personnes sont connues, estimées & préconisées, comme si elles travailloient à sauver la patrie. Un élégant tailleur, un habile parfumeur, un bon cuisinier sont ici des êtres merveilleux, dont le nom va de pair avec les plus célébres Auteurs.

J'allai la semaine dernicre à l'Opéra. Quel spectacle pour une Italienne! Si j'eusse été Françoise, les vapeurs m'auroient suffoquée, & je m'évanouissois.

Les Acteurs étoient froids, la musique langoureuse & monotone. On appuyoit beaucoup sur les mots ; victoire, gloire, & ces é muets qui rendent les chansonnettes Françoises très-agréables, sont insupportables dans les grands airs. L'é muet est moins incompatible avec la musique. Les Cours étrangeres n'en doutent pas, car excepté celle-ci, elles ont toutes des Opéra Italiens.

A propos de Cours, j'ai vu avec un indicible plaisir celle de Versailles, & j'ai

toute la peine à me perfuader qu'une Cour,
où il y a autant de dignité, fe trouve au
milieu d'un peuple fi frivole & fi léger.

On ne crie contre la Religion, que parce qu'elle eft ancienne. Elle feroit ravissante
fi elle n'avoit que huit jours de date. Il
ne faut ici que du nouveau, & il n'y a pas
jufqu'à la Théologie qu'on modernife ; auffi
dit-on communément la nouvelle Sorbonne.

Les jeux par conféquent varient comme
le tems. Le brelant, après avoir été l'amu-
fement des Laquais, eft redevenu celui des
Seigneurs, & fans doute demain il retour-
nera à la Livrée.

Enfin tout eft ici rien, & il n'eft queftion que de rien ; on fe pare avec un rien, on
s'occupe d'un rien, on fe fâche pour un
rien, on fe raccommode pour un rien, on
fait de grandes dépenfes quoiqu'on n'ait
fouvent rien, on époufe volontiers une femme de rien, les beaux efprits réduifent leurs
ame & leur Religion à rien, & depuis que
je fuis franchifée je vous entretiens de rien.

Je defirois ces jours derniers vous avoir
à mes côtés. La fcene étoit rifible. Un agréable que je n'avois jamais vu paroît tout-à
coup dans la maifon où j'étois. Il m'aborde,
il me falue, il me loue, il me fait mille of-
fres de fervice ; je me leve, il fe leve, je fors ;

& il fort ; je vais aux Thuilleries, & il y
vient ; enfin il devient mon ombre, jusqu'à ce
que s'approchant de mon oreille, il me fait
en deux mots une déclaration d'amour. J'é-
clate de rire, & il rit ; je me détourne,
& je ne l'apperçois plus. Questo è ben
Franceze è non si vede mai in Italia.

On me pourfuit aux promenades, comme si j'avois une figure différente du reste
des humains, & c'est encore une mode du
Pays. Mais ce qu'il y a de plus singulier,
c'est que la plûpart des jeunes gens me lor-
gnent avec un verre, comme s'ils ne voyoient
presque pas. La lorgnette donne un air d'importance, & le François aime à faire l'important.

Je ne vous dirai rien des repas. Ils sont
délicats & succints, & l'on ne connoît guè-
re ici que les soupers. Quelques femmes pré-
cieuse qui croit chanter agréablement, quelqu'Académicien qui croit dire de bons
mots, se chargent ordinairement d'amuser
les convives. On quitte le jeu pour se mettre à table, & l'on sort de table pour se
remettre au jeu. Trois heures sonnent quand
les parties finissent, & l'on va se coucher
lorsque le peuple se leve.

Telle est la vie que je mene depuis trois
mois, & que je trouverois très-monotone

si

si elle n'étoit égayée par ce flux & reflux
de petits-maîtres qui vont & viennent con-
tinuellement, & dont les façons ressemblent
assez au jeu des marionnettes. Ils entrent
en chantant, ils sortent en pirouettant, &
tout jusqu'à leur regard paroît artificiel.

Adieu, ma chere petite sœur, je vous ai-
me de tout mon cœur, quoique ce ne soit
plus la mode d'aimer ses parens, & je suis
plus à vous qu'à moi-même, &c.

Ainsi Paris donnoit chaque jour occasion
à de telles reflexions, lorsque les Modes pé-
nétrerent jusque dans le nouveau monde,
& ce furent encore les démarches du Marquis qui occasionnerent cette heureuse révolution. Il persuada à une demie douzai-
ne de petits-Maîtres, ses neveux & ses
cousins, de s'embarquer pour l'Amérique
& pour les Indes, à dessein d'y maniérer les Habitans de ces contrées. On fit
des Pacotilles de tout ce que l'élégance
Françoise produisoit de plus agréable, &
de plus galant, & l'on répandit le goût des
modes avec une sorte de profusion parmi
les Américains & les Indiens.

Ce ne fut pas un spectacle indifférent de
voir quelques années après, les mers cou-
vertes de jeunes gens, qui tous en plumets,
en habits de soie, en bas blancs, tai-

foient les quarts, grimpoient fur le tillac,
& paroiffoient manœuvrer; chaque créole
s'empreffa de les recevoir & de les épou-
fer, & telle qui croyoit avoir pour
mari un Comte, un Officier, fe trouvoit la femme d'un Valet de chambre,
ou d'un Perruquier. Tant il eft vrai que
la façon de fe mettre & de fe préfenter
donne un air de qualité aux plus fimples
mortels, & transforme en Seigneur un
homme du commun.

Bientôt la Guadeloupe & le Cap, Bin-
gale & Batavia, Pondichery & Canton
devinrent autant de Paris, où l'on ne
s'accupa plus que de fafte, de parure & de
gentilleffes. On dépenfa des fommes énormes pour fe procurer des voitures & des
habits de goût, & les Sauvages virent
avec le plus grand étonnement des hommes le difputer aux finges mêmes en gri-
maces & en minauderies.

Les voyages par mer n'eurent prefque
plus d'autre objet que la circulation du
luxe & des modes. Les navigateurs ne
s'occuperent qu'à faire des échanges de
chofes agréables & jolies, & l'on vit les
femmes mêmes das pilotins & des ma-
telots, parées des plus belles étoffes de l'Inde, les artifans n'avoit pour mouchoirs

que des Maſulipatan , enfin les gens
de tout ſexe & de tout état prendre chaque jour leur caffé , & ſçavoir diſcerner
l'excellence du Moka.

Le jeu gagna toutes les Villes , & la
plus mince Bourgeoiſe fit exactement ſa
partie. Les fortunes ſe multiplierent, & la
moindre maiſon prit un air de luxe & de
vanité. Les pauvres ſe trouverent ſans parens , & les hommes qui ne furent que
gens de bien , furent à peine ſupportables.

Les modes en étoient à ce point , lorſque le Marquis ſe ſentit attaqué de la maladie dont il mourut. Il avoit toujours de-
ſiré que les vapeurs terminaſſent ſes jours,
& il fut exaucé.

Il ſçut donc être ſérieuſement malade ,
ſans ſçavoir où il avoit mal , & jugeant
que les terreurs de la mort ne devoient
affecter que des ames roturieres , il la vit
s'approcher ſans pâlir , & ſans ſourciller.
Il étoit juſte qu'après avoir enſeigné une
nouvelle maniere de vivre , il apprit une
nouvelle maniere de mourir. Auſſi eſt-ce
depuis cet exemple que les perſonnes à la
mode ſe font gloire de regarder comme une chimere le paſſage du tems à l'é-
ternité. Il y avoit trop long-tems qu'on
mouroit chrétiennement , pour conſerver

une si vieille méthode. Cependant il sa-
tisfit *décemment*, selon l'expression des En-
cyclopédistes, à ses derniers devoirs. Ses
forces se ranimerent, & il arrêta le cours
de ses évanouissemens ; lorsque ses enfans
vinrent le visiter.

Il faut donc, mes amis, leur dit-il, quit-
ter enfin ce monde dans un tems où son com-
merce est si agréable & si doux ; dans un
tems où les modes que je suis venu à bout
d'introduire, en ont fait un objet ravissant.
Continuez, je vous prie, cet ouvrage tou-
jours susceptible de perfections & d'embel-
lissemens, & ne manquez pas, si vous m'ai-
mez, de m'ériger un mausolée digne de ma
délicatesse & de mon goût, & décoré d'une
épitaphe saillante & jolie, que mon fils
l'Abbé composera.

Ayez soin que mon enterrement soit égayé
par une agréable simphonie, & qu'un deuil
élégant embellisse mon trépas, & ne dépare
point la maniere dont j'ai vécu.

Je vous laisse au milieu d'une ville qui
me doit tout ce qu'elle est, & qui me citera
souvent dans ses conversations & dans ses
brochures, si elle sçait être reconnoissante.

Je finis ce discours & ma vie, en vous
disant un éternel adieu, & en vous recom-
mandant de ne jamais oublier que vous êtes

les enfans d'un pere qui fut le restaurateur
de sa Patrie, &.................
....

Ainsi mourut le Marquis de Florimene,
que son épouse suivit de près. Elle eut
beau plâtrer son visage octogénaire, & le
farder, cacher sa vieillesse sous l'éclat des
plus brillantes couleurs, il fallut céder au
poids des années ; mais par bonheur, elle
eut la consolation d'expirer en femme de
goût, c'est-à-dire, sans autre maladie que
les mêmes vapeurs qui venoient de suffo-
quer son mari, tant il est vrai qu'on meurt
ordinairement comme on a vécu.

Ces mots devinrent l'occasion de nouveaux deuils & de nouveaux enterre-
mens, & les modes depuis cette époque
ne firent que croître, embellir. Tous les
jeunes gens prirent un ton décisif & ta-
pageur, & la plupart des femmes affiche-
rent la coquetterie, comme on affiche une
enseigne. On ne parla plus que par équi-
voques, l'adultére passa pour bonne fortune, & l'on rougit d'avoir de la pudeur.

Les maris ne connurent presque pas
leurs femmes, & ils firent deux ménages
& deux maisons dans un même hôtel. Les
valets de chambre & les laquais devinrent familiers jusqu'à l'indécence, & on

les vit jouer les Seigneurs. Ils furent les
confidens & les tréforiers de leurs maîtres,
& de-là nâquirent les *farauts*, *les lurons
de la gance*, & autres de cette efpece.

Telles étoient les chofes, lorfqu'un pe-
tit-fils du cher Marquis de Florimene parut fur la fcene, brilla par fes graces, &
par fon efprit, & mit tout à la grecque.
On s'ennuya dès-lors d'être François, &
l'on ne connut plus que des ameublemens
grecs, que des habillemens grecs, que des
airs grecs. Quelques Prédicateurs mêmes en
prirent le ton, & cette fingularité paffa
jufqu'aux Clercs de Procureur, ainfi le fiecle devint la faifon des métamorphofes,
un jour ne reffembla point à l'autre, ni une
même perfonne à elle-même. On paffa la
vie à imaginer, à inventer, à changer;
tout paya tribut à la nouveauté, & nous
nous habillâmes, nous nous logeâmes felon les ufages, foi-difans, de la grece,
fans avoir peut-être un feul homme parmi nous qui pût fe vanter avec raifon d'ê-
tre un grand grec.

FIN.

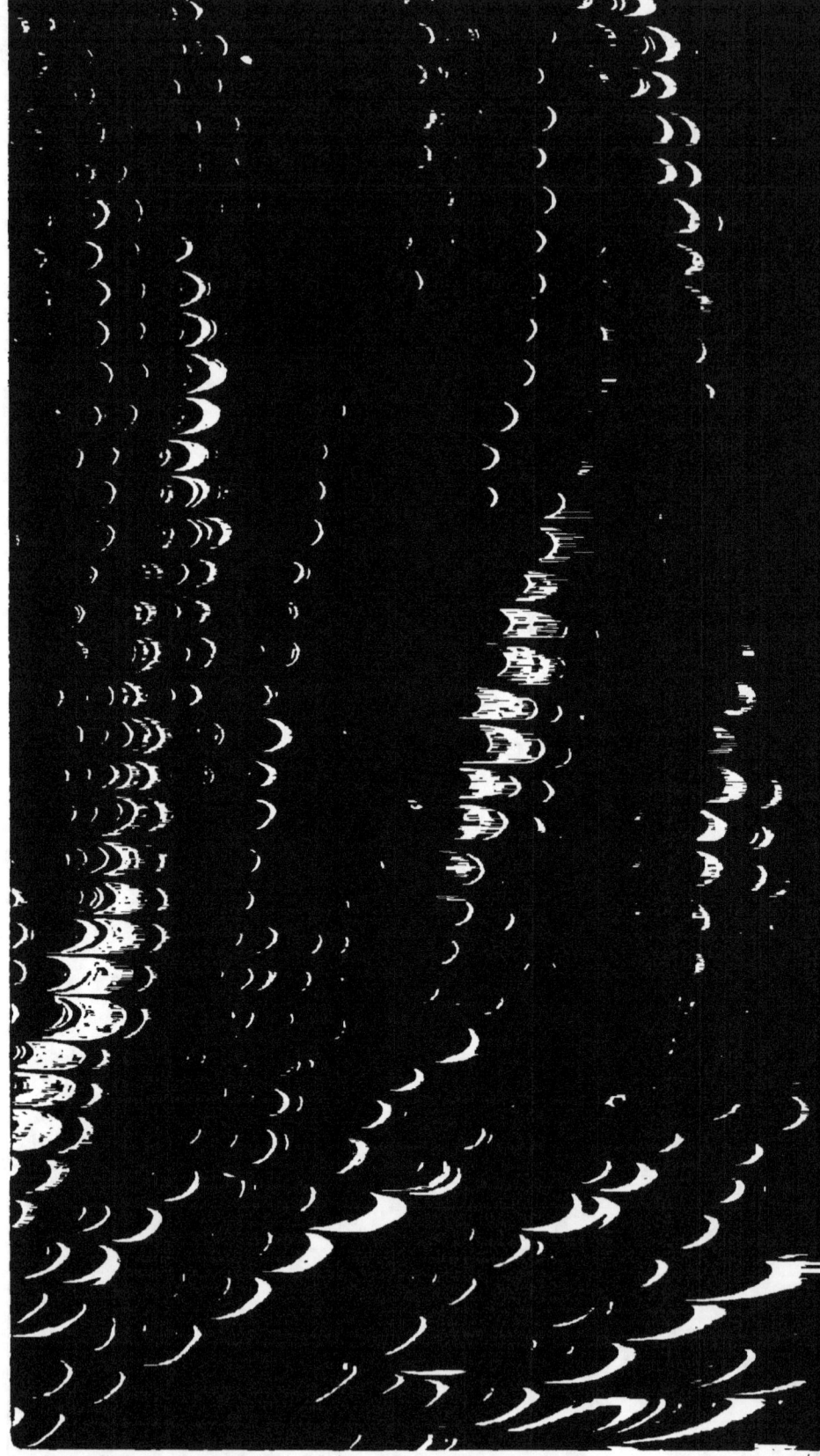

www.ingramcontent.com/pod-product-compliance
Lightning Source LLC
Chambersburg PA
CBHW060816250626
47162CB00005B/1824

* 9 7 8 2 0 1 1 3 4 4 6 7 0 *